AF150342

Ludwig Weibel
Sein vom Allerfeinsten
Volle Unversehrtheit und Glückseligkeit

Books on Demand

Bibliographische Information der Deutschen Nationalbibliothek. Die Deutsche Nationalbibliothek verzeichnet
diese Publikation in der deutschen Nationalbibliogra-
phie, detaillierte bibliographische Daten sind im Internet
über http://dnb.dnb.de abrufbar.

© 2015 Autor: Ludwig Weibel
Herstellung und Verlag:
BoD – Books on Demand, Norderstedt
ISBN 9783738622201

Ludwig Weibel

Sein vom Allerfeinsten

1

In deinem Lichte darf Ich leben

1.1

In deinem Lichte darf Ich leben, nach deinen Höhen strebt Mein Sinn, sagt sich der Weise. Zweiergruppe, Dreiergruppe sind wir, reden sich die Weltenwandrer dazu ein und dabei *Bin Ich* mitten unter ihnen als des einen Seins bedeutungsvolles Resümee. Hast du begriffen, was es heisst, als Wesen der Unendlichkeit vor dir und der ereignisvollen Welt zu stehn, so nimmst du alles, was geschieht, mit lockerem und völlig losgelöstem Sinn entgegen. Du haftest nicht mehr an der Schale, weil der Kern dich ungleich wesentlicher interessiert. Alle Dinge siehst du wie von Innen an und konstatierst, dass sie zuletzt, zutiefst und zur Erbauung aller von demselben Inspirator, Ausbund aller Güte und Genie erfüllt sind, die Ich Bin und denen höchste Ehre und Bewunderung gebührt im allerwertesten Allhier.

Magie ist, wenn die Dinge sich auf wundersame Weise, wie von selbst, verbiegen und verfärben und mit verwandeltem Gesichte vor uns hergehn. Sie beweisen damit, dass im Hintergründigen ganz andere Gesetze walten, als du wissen kannst, o Mensch, in deinem ach so oberflächlichen Philosophieren. Du sollst mit Inbrunst, Unnachgiebigkeit und tätigem In-absoluter-Ruh-Verweilen mählich hinter ihre Schliche kommen und erkennen, dass es Meine sind im allumfassenden Rumoren.

Leiste dir den Aufwall, mit dir selber ins Gericht zu gehn und unterlasse es dabei, dem Schein behaglich auf den Leim zu kriechen. Denn alles Echte, Tragende und Detaillierte ist nur in der inneren Struktur vorhanden und bedingt ein helleres, gottseliges Bewusstsein, um es regelrecht zu sehn.

Das ist es, was dich als das Allerwichtigste und Liebenswerteste der Welt in deiner Gründlichkeit beschäftigen soll, damit du weisst, woran du bist und an welchen Bäumen die begehrenswertesten der Lebensfrüchte hangen. Alle, alle sind von Mir ein zartgestimmtes Liebeszeichen und sollen dir ein wundersames Wohlgefühl und eine Wonne himmlischer Natur bescheren. Somit wirst du über allem wirren und besitzergreifenden Getriebe irdischer Provenienz dich in bewundernswerter Einigkeit mit Mir befinden. Solcherart wird alles Dasein lebenstüchtig, licht und schön und darf sich ewig jugendfrisch und schicklich, majestätisch, graziös und liebevoll in Mir vollenden.

1.2

Das Viele ist zugleich das weniger Bedeutende als das, was Ich Mir Bin, im absoluten Eins- und Einigsein in Mir. Das Ich Bin hat immer Vorrang vor jedwelchem Angehängsel, das im Grund genommen nur Ballast ist, der Mich in die Tiefen der Probleme und Unwirtlichkeiten zieht. Ich Bin und zeihe Mich der einzigen Wahrheit, die da ist und die Mir nichts und niemand streitig machen kann im Weltenrund, das heisst: im Allweit-über-Mich-Verfügen.

Das Spielerische an Mir muss von der Gewissheit kommen, dass sich alles, was Ich nicht mehr Bin im eigentlichen Sinne, ewig wandeln muss in einem Kommen und Vergehen von unnachahmlicher Geschmeidigkeit, Gutmütigkeit und graziöser Dienstbeflissenheit am grandiosen Werk, das Ich mit soviel genialer Folgerichtigkeit und Souplesse inszeniere. Mir haben es die Ziselierungen, hauchzarten Rundungen und Ornamente, wie auch das

Phantasieren, Laborieren und Tarieren angetan. Denn alles Neue fasziniert, derweil das schon Gewesene bei Mir als abgedroschen gilt im lebensvollen Weltengarten.

Ich Bin wie einer, der da wissend tätigt was er will, und kaum hat er's getan, strebt er nach Unerhörterem, das ihm Befriedigung verschaffen soll in seinem Alles-Überbieten. Doch mählich lässt er's aus erhabner Einsicht bleiben und geruht in seinem Allerinnersten und Allerheiligsten zu ruhn, als in dem reinen Sein und damit in glückseliger Bescheidenheit, die ihm seit eh und je zu eigen. Trächtig, prächtig, jovial in siebenseliger Barmherzigkeit in dir Mich selber findend, feire Ich die Fülle der All-Einigkeit, in die Ich Meinen Sinngehalt und Meine Fabelhaftigkeit, Mein Glück und Meine Grazie galant verspriesse.

1.3
Ist es denn so selten, dass Mir aus sich selbst ein Herzensfreund ersteht, der Meine Sache vehement und unerschütterlich vertritt in bester Seelenakrobatik allsolange, bis sie durch und durch zu seiner eigenen geworden in des Daseins Saft und seelenvoller Poesie?

Durch das Für-Mich-Schwärmen bist du selbst zum Schwarm geworden himmlischen Geblüts, dem man nichts nachzuweisen hat als: Lauterkeit, Salut und Konzentriertheit auf die Kreise, die du sanft und liebevoll um Meine silberhelle Gegenwart gezogen.

Mach es wie die Perlenfischer, halte dich nicht auf bei Dingen und Gedankenwesen, die vom samtnen Glanz der Preziosen in den wohlverschlossnen Schalen nichts verstehn. Schreite gradewegs dem vielersehnten Ziel entgegen und du wirst es finden, rascher als du denkst und es nach deiner Eigenart zu schätzen wissen in dem gottesfreundlichen Gefühl.

Dann erst darfst du dein Häuptlein höher tragen, als in Meinem Sinn und Sanktuarium und hast dabei doch aller Menschenregel Demut, Ehrbarkeit und Deutung strikte zu befolgen, um aufs Entschiedenste und Liebevollste vor Mir zu bestehn.

In Mir und Meiner Hemisphäre heimisch, warm und wesenhaft geworden, trittst du unbeschwert als einer auf, der weiss um was es geht im tatenfrohen und geläuterten Das-Sein-Erleben,

Wie beschlossen, so erfüllt sind deiner Welten Triebe, Wünschbarkeiten und Erfordernisse, als in Meinem Sinn und Geist und in der Eleganz, Beglückung, Zartheit und Holdseligkeit der Göttersphären.

1.4

Im universenweiter Finsternis liess Ich den allerersten Sonnenstern aus Mir erstrahlen. Welche Gnade, welcher Irrwitz, welche Schönheit für das All der nachterfüllten Weiten, welche abergläubige Novelle ganz für Mich allein in der grandiosen Einsamkeit der Göttersphären. Da war ein Funke Meines ewigen Hell- und Heiterseins hinüber in die Schattenseite Meiner Geisteswirklichkeit gesprungen, eine Lohe aus dem Lichtraum der Allherrlichkeit, die ist Mein Sein und Meine Würde, Mein Gedankenspiel, wie Meines Willeseins und Überlegens allerzärtlichstes Empfinden.

So liess Ich denn an punktgenauer Stelle durch Mein Sein ein Strahlenlicht ergleissen und in reiner Gnadenfülle wesenhaft erstehn. Diesem liess Ich

10

weitere Partikel Meiner Kraft und Perlenschönheit durch Äonen folgen bis es Myriaden waren. Bewusst erschaffene Planeten krönten diesen Werdestrom mit allem, was auf ihnen wuchs und webte und zutiefst Mein Eigen war. Bin Ich dem Göttervater eigen, sollst du dich auf der Stelle fragen? Und da trag Ich dir die Antwort in des Herzens Schlummerkabinett, dass du an ihr erwachen sollst zu deinem wahren Ich-Gefühl. Denn: „Sein vom Allerhöchsten Bin Ich", darfst du dir unvermittelt und glückselig sagen. Das allerreizendste Gespinst, Gewinnst und trefflichste Motiv der gläubigen Grandezza ist damit auf dich gekommen und lässt in dir den sagenhaften Pulk der Freudenröslein blühn. Du Bist und bist in Mir zur Seligkeit des Seins geboren und erkoren und gehörst dir selbst als Mich mit allen Kapriolen, Kunstgenüssen und Glückseligkeiten im geseg- neten Allhier.

1.5
Auf und davon will deine Seele fliehn vor aller Unbekömmlichkeit des Lebens, derweil du aus- gerechnet dazu aufgerufen bist, das Hinterletzte, was dir so darin begegnet, aufs Wundervollste zu bestehn. Wozu der Aufwand, den Ich mit dir treibe, wenn nicht ein tief verborgner Sinn dahinterläge, der da heisst: Vollendet und glückselig Werden ist dein Ziel.

Nun gilt es täglich, was dir frommt, zu akquirieren und damit weihevolle Wachheit zu erlangen in des Lebens zwitterhaftem Spiel. Es geht nicht an, dass du das Grandiose dir und Mir verweigerst, das Ich für dich ausersehen habe, nämlich Gotteswürde und Wahrhaftigkeit bewusst und heiter in dir

11

auferstehn zu lassen. Zuversicht, Vertrauen, Seinsgewandtheit, Eleganz und Grazie des Himmels sind vonnöten, um dich auf den Orbit des Gelingens zu versetzen, licht und morgenschön.

Was gibt es zu erkennen, wenn dein Dasein, vom beseelten Gnadenlicht beschienen, neuen, nie gekannten Glanz und Glamour, Wohlverstand und eine Weihe Gottes ohnegleichen zuerkannt erhält in deinem Dich-Verwundern? Mich in dir, als Resonanz und Rarität von auserlesner Güte, die dich ausstaffiert und schmückt, wie man ein Bräutchen kleidet, um es frohgemut und feierlich vor den erwählten Bräutigam zu führen.

Nichts gibt es auf der weiten Welt, was sich so wirklich zu erringen lohnt, wie das Empfinden der Gottseligkeit in Meiner Näh. Sie lässt dich aus dem Trubel der Geschichte auferstehn zum wahren Sein in Fülle, Folgerichtigkeit und Kraft des Ewigen, von Seiner Wonne, Heiterkeit und Harmonie aufs Innigste beseelt.

1.6
Ich, der Vater aller Werke, Werte und Gediegenheiten habe keine Mühe, auch in dir das Manifest der Mustergültigkeit zu sein, derweil dein Allerweltsbetragen eher dürftig ist, aus Meiner Sicht gesehn.

Du Bist und bist doch nicht, solange du dein Sein nicht kennst und anerkennst in seiner gottesherrlichen Bedeutung und Natur. Das erdenwirkliche Geschehen macht dich lüstern danach, auszuscheren aus dem sakrosankten Evolutionenstrom, um deines Eigenwillens Rascheln auszuleben in Durchtriebenheit und zweifelhaft gefiederter Manie. Das macht, dass Ich mit aller Mühe und Besorgtheit deine Heimkunft in Mein Reich der guten Sitten, Seligkeiten und Erweckungen betreiben muss, ad infinitum, bis du endlich einsiehst, welcher Vorteil dir erwächst aus dem Vertrauen in Mein fürstliches Gehaben und geduldigen Andeiner-grünen-Seite-Gehn. Da soll Mir keiner kommen, er hätte nicht gewusst, dass es so wäre. Denn immer fehlt dir die Entschiedenheit, das Gute auch zu tun, das du dir vorgenommen und dem Liebevollen Tür und Tor zu öffnen, das aus dir sprudeln möchte, allem Hilfedürftigen entgegen.

Grossmütiges Begreifen und Verzeihen ist Mein Stil, wenn du dich nur veränderst und in Meine Reihen stellst der heldenhaften Kämpfer für Gerechtigkeit und Herzensfrieden. Nicht Glanz und Glitter, sind sie noch so zierlich, zählen, sondern Wohlverstand und Güte, Reinheit und bewusstes Akzeptieren der Gesetze, die der Himmel dir beschert. Du bist aufs Trefflichste behütet, sag Ich dir, doch liegt es auch an deiner Wohlgefälligkeit Mir gegenüber, dass Vereinigung entsteht und Einheit in Gedanke, Wille, Kraft und Tun. Dann darfst du wohlgemut in Meinem väterlichen Zelte wohnen und am Allerhöchsten dich erbauen, das dich in ihm wunderbarerweis beseelt. Geschlossen ist der Lebenskreis und offen vor dir göttliches Genügen und des Seins Glückseligkeit im hocherhabenen Allhier.

1.7
Im Du das Ich zu finden, ging Ich aus und kehrte reich beglückt in Meine Heimat wieder. Was ist das für ein gottgefälliges Faszikel, musste Ich Mich fragen, als Ich einen Menschen fand, der Mich

verehrte und der alles, was Ich von ihm wollte, willig, freudig und geduldig tat. Er machte Anstalt, sich vollends in Mich und Meine Seinsart zu verkriechen, bis er sich nimmer von Mir unterschied. Er begann in Meiner Art zu reden, weil er von Mir Inspiration empfing und mählich seine Handlungen exakt die Meinen waren. Sie waren es schon früher, doch nun war es ihm bewusst, dass es so war und das erfüllte ihn mit unerhörter Freude und Begeisterung am Sein und Leben.

Wer aber wird Mir's glauben, begann er sich zu fragen und wer wird demgemäss sein Leben neu, vertrauensvoll und seelensicher einzurichten suchen? Wenige nur taten es, doch ihnen wohnte künftig eine Kraft der Überzeugung inne, die von vielen gutgeheissen und goutiert und portionenweis herumgereicht und dargeboten wurde.

So geschah ein Wunder der Gefälligkeit an Meinem Wesen und das Heil, das Ich verströmt und ausgebreitet hatte, kehrte wunderbarerweis zu Mir zurück, so dass Ich wieder Seinsvollendung, volle Unversehrtheit und Glückseligkeit erlangte und zwar im Unendlichen, das Mir schon immer Hort und Heimat, hohe Burg und Sanktuarium gewesen. Der Kreislauf der Holdseligkeit und Minne war geschlossen und Ich ruhte selig in Mir selbst für Ewigkeiten.

1.8
Not to bad magst du in deinem Eifer sein, die vielen Lebenspflichten tapfer und gediegen zu erfüllen. Dennoch wird dir eines immer fehlen, nämlich der Verbund mit Mir, der deinem Sein und Trachten eine Dimension hinzufügt von unendlichem Bedeuten und von einer Raffinesse und Geschliffenheit, die

alles was du je erringen magst in deinem Spintisieren, weit, weit überragt. Sie heilt und heiligt dich in ungeahnter Weise und befähigt dich, als Weltenbürger und Vertreter einer Gottessache die Regie zu führen, die aufs Ganze geht, im himmelweiten Streben.

Du bist es, der zuvörderst von der Fülle alles Guten profitiert, das Ich der Menschenwelt in Freiheit und herzinniger Verbundenheit entbiete. Deines Schicksals Stränge sind Mein stattlich Los, das ist in Redlichkeit beflissen, Vorurteile abzubauen und der allerletzten Wahrheit Funkeln aufzudecken in bewusster Strategie.

Na komm schon, will Ich dir vertraulich ins geöffnete Gemüte sagen. Für immer lohnt es sich, mit Mir zu rechnen und die allerbesten Taten Meinem Konto gutzuschreiben. Denn der Zins dafür ist neue Lebenslust und Grazie am Dasein, unvergängliches Erspriessen und Holdseligkeit des Himmels, fein und licht und lauter, hoch und her.

1.9

Wer kümmert sich um dich und deine Angelegenheiten inniger denn Ich, der Ich dich Bin in allen Fugen und Facetten, Formen und Verfügbarkeiten in des Lebens schicksalsträchtigem Asyl. Mager würde deine Ernte, wenn nicht Meiner Weisheit Züge wackern Samen ihr zugrundelegten und damit das Geistesfeld bestellten, dem beständig reiche, reife Frucht entspriesst.

Nun wirst du selber dir beweisen müssen, wie du mit den Gaben Meiner Huld und Güte umgehst, dass sie als ein Segen und Gewinn zu deiner Umwelt fliessen. Denn die Verflechtung aller Wesen in der Weltgemeinschaft ist entschieden grandios und soll zur Harmonie und Wohlgefälligkeit geführt und angeleitet werden.

Wen Kümmernisse quälen, soll sich immerzu bewusst sein, dass es in der Wesenstiefe Meine sind, an denen Ich Mein Sein, wie du das Deine, lichterloh und farbenfroh entfalte.

Gebändigt und gelassen soll, was du dir Bist, in Mir den wonnevollen Endpunkt finden, wie es eben auch der Anfang war in Wohlgefälligkeit und Minne, Mustergültigkeit und wahrer Andacht vor dem Allerhöchsten, das Ich Bin und in dem Ich ewig, unergründlich Mich verschwebe.

1.10

Vom Wandel ergriffen, vom Wandel bewegt sind alle Meine Klienten, derweil Ich in der Sicherheit des Ewigen und Einen selig ruh. Eine Tauchfahrt ist's in Meine eignen Sphären, ein Erwachen in dem Medium, das Ich als Sein bezeichne und das schon immer aller Enden Anfang war und aller Trübnis Sonnenklarheit am erhabnen Geistesfirmament, von dem Ich dir galant und seelenvoll erzähle.

War gestern alles noch ein wesenloser Traum, so ist es heut die Wirklichkeit, in der Ich schauend, trauend, graziös und benedeiend Bin und wese. Seinsbefreiung winkt dir unablässig in der Meinen, absolute Seligkeit im Rad der Zeit, das dich unwiderstehlich und gewissenhaft hinaufträgt in die Sphären reiner Huld und Unbescholtenheit an Meiner eigenen Struktur. Gib dir einen Weg und sag: Es ist der Meine, den Mir niemand nehmen kann und der geradewegs zum Ziele führt, von dem Ich ausging, Welten zu erobern und erbauen, zu beseligen und Mich in ihnen wohlzufühlen bis zum Geht-nicht-mehr. Das ist nun erfüllt, und eine neue

16

Fülle ohnegleichen flutet Mir im Gotteslichte rein und wundersam, diskret und zärtlich aus der sich verschwebenden Unendlichkeit entgegen. Sie belehrt Mich eines Besseren, als Ich vordem in Meiner ganzen sonderlich gesprenkelten Karriere jemals war. Wie taufrisch, fabelhaft, bekömmlich und gediegen find Ich Mich in Meiner neu erfundnen Situation und denke nicht daran, sie wieder zu verlassen, unendlich vielen Widrigkeiten zu. Mein Mass ist immer schon von Überschwang, Masslosigkeit und Sternenräumlichkeit beseelt gewesen. Es ist ein Raum und ist kein Raum in Meines Universendenkens Hochgefühl, denn alle Weltendinge sind aufs Innigste in Mir bewahrt und Meiner Glorie des Seins, zu der Ich Mich unendlich liebevoll, blauäugig und gewandt erhoben habe. Meine Schäfchen habe Ich gerade noch zur rechten Zeit ins Trockene gelegt, so dass Mir nichts Verderbliches passieren kann an ihnen. Etliches ist immer noch am grossen Werk, das Ich Mir vorgenommen habe, zu vollbringen. Doch das Wichtige steht firm und fest und friedlich da als Monument der Treue zu Mir selbst, sowie der göttlichen Natur, der Ich Mich ruhigen Gemüts dahingegeben.

Nun weile Ich für alle Ewigkeit im Ewig-Guten und befehlige Mich selbst, wohin Ich immer will in Meinem Gluten und Mich Sputen, Rosenhaine Pflegen und Mich in den Gärten Meiner Wohlfahrt, Phantasie und Seinsglückseligkeit ergehn. Ein Wunder des Betrachtens Meiner Kräfte, Säfte und Errungenschaften Bin Ich Mir und weide Mich an der Geselligkeit mit allen Meinen Siegestaten. Mach hoch die Tür und folge Mir, ist hier zu sagen, dass du ebenso des Glückes Pol erreichst in unermüdlichem Begehren. Ich folge dir und geh mit dir der Unverweslichkeit genialer Seinsideen brüderlich entgegen. "Trau, schau wem" und werde, indem du Mich wirst unverzüglich, meisterlich, gewandt, gesandt und unter Freudentränen.

1.11

Rast im Regelmass der Zeit, Ruhe nach ereignisvoller Unruh in des Lebens Manifest und Glänzen. Die Gelegenheit ist günstig, Mich in wohlbedachter Wachheit auf Mein Sein in sakrosankter Unversehrtheit zu besinnen, als der Zeuge Meiner selbst und überragende Bewunderer und Anerkenner Meiner Siegestaten. Wie Ich meine, gibt es überall in Meinem Reich genug zu tun mit der Verwirklichung von schöpferisch beflügelten Ideen, wie mit dem Hegen, Pflegen und Gesund-Erhalten abervieler Sprösslinge in Meinem Weltengarten. Da ziemt es sich, das Angerichtete in weiser Götterruhe zu besehn und sich zu weiden an der Glorie der Zeiten, in denen alles wohl gedeiht und wächst und froh und sicher der unendlichen Bestimmung seiner Wesenhaftigkeit entgegenflutet. So will es Meine Würde, Meines Willens Überlegenheit und aller Welten Grazie in einem.

Unermüdlich und erfinderisch wird da ein Werk getan von überragendem Bedeuten und von einer schöpferischen Qualität, die ihresgleichen sucht in Universenweiten.

1.12

Ein kleines Lied, wie fängt's nur an und soll ein Grosses werden. Es züngelt sich ein Flämmchen in der Seele lieb hinan von Geisteslicht und gottesfürchtigem Betragen. Nun ist es da gar hell und schön und jubelt ihr Gesänge in wunderbar erhabne Höhn, wo es ihm dann gelänge, sein über alles helles Sein, wie eine Sonne zu verströmen, in jedes Menschenherz hinein, es mit sich selber zu versöhnen. Immer in des Lebens virulentem Weben, ist das Lichte mit im Spiel, unser Sein emporzuheben zu des Himmels wonnevollem Ziel. Im Strahlenlichte darf Ich leben, im Strahlenlichte darf Ich sein und Mich zum Herrn der Welt erheben, als zum allewigen Daheim. So klein Ich Bin im Streben, so gross ist, was Mich führt, gar liebevoll zum Himmelssegen, den Meine Seele innig spürt - und sich verwandelt durch die Zeiten, in eine Bräutliche des Herrn, in unablässigem Sich-Weiten, gar wohlgemut und noch so gern.

1.13
Dir lächeln die Wangen, wenn holde Gefühle dein Herzblut durchziehn. Was mag dich beglücken, wenn nicht der Anblick des Schönen an sich, der die dürren Lande deiner Seele gleich dem warmen Sommerregen überzieht und sie nährt mit seinem beglückendem Strömen. Nun badest du dich im Wohllaut erhabner Gedanken, die dich in Minne umfahn und die dir bedeutsamer sind als jene banalen, die wie wesenlose Schatten an deinem Gemüte vorüberziehn.

O holde Eintracht des Gewissens mit dem Sein, in welchem alles, was dir so begegnet, Milde, Heiterkeit und Liebenswürdigkeit verströmt, an deren duftendem Arom du dich erlabst und würdig machst, in Meines Strahlens Zelt und Himmelzierde einzugehn. Du geniessest, wie von Sinnen, eines exquisiten Augenblicks Bravour und siehst dich darin unvermittelt in die höchsten Liebeshöhn erhoben. Nun bedeute Ich dir, dich zu fassen, damit das Unfassbare dich umfluten kann in seiner all so zart gestimmten Schöne. Es sollen sich die Schleusen des Elysiums dir öffnen, damit du von der Überfülle zehren magst, die dich begabt, um andere voll Zärtlichkeit und Wonne damit zu begaben.

So fliesst der Strom des Lebens ewig jugendfrisch dahin, die Dinge, die er sanft berührt mit seinem Zauber, miteinander zu vermählen und den Wesen Glück ins Herz zu bringen, die bescheiden, offen und vergnügt an seinem Ufer stehn. Auch du sollst einen Teil davon erhalten, damit die Seele sich am Leben freuen kann, wie an den Wohlbekömmlichkeiten, die es dir, freien Sinns, gewährt.

1.14
Wo hangen die süssesten Trauben in deinem so bittern Exil? Sei ruhig, Ich will sie dir zeigen. Verstehst du was von Liebe in deines Herzens wahrhaftigem Grund? Dort mag dir daraus ein Röslein erblühn. Es sagt dir: verschenk dich im Licht der Barmherzigkeit dorthin wo deine Geliebten die Inbrunst am Innigsten spüren. Geh in das Land der Gefühle, wo dich wahrhaftige Liebe zu Tränen bewegt und lächle deinem holdselig gewordenen Schicksal Zuversicht und Daseinswonne entgegen.

So Ich dein Dich-Vergeben spüre, lass Ich dich ganz in den Gefilden Meiner Allherrlichkeit ruhn. Ich vermähle dich mit den Dingen und Wesen deines Bezugs und lass dich an ihnen zu deiner wahren Grösse erwachen. Liebe und du wirst wieder geliebt, erklär dich der Welt und sogleich wird sie sich in Fülle und Zartheit, in Anmut und Lieblichkeit selber erklären.

Das ist nun das Glück Elysiens, das deiner wartet im unendlichen Hier. Nur erkennen sollst du es und dich in die Sanftmut seiner Umarmung schmiegen. Es ist die Meine und du bist auf Gottes allherrlicher Spur, sowie du sie findest und sie dich herzinnig erlabt.

1.15

Von Sein zu Sein ein wesentliches Alles-mit-Mir-Teilen. Du führst dich aus und fügst dich wieder in Mich ein in eignem Dich-Begründen und lässest Mich dein Lehrer sein in trautem Überwinden. Vielleicht beim nächsten, kühnen Mal wirst du für ganz Mein Eigen, entwindend dich dem Schicksalstal. Was hast Du mit mir vor, sollst du dich hierbei fragen? Ich führe dich der Wunderwelt des Seins entgegen, wo alle Triebe und Begünstigungen Mir gehören, in das Wesen der Allherrlichkeit, in welchem du, des Seins gewiss, vollendete Erhabenheit geniessest, wackre Freiheit und beseligende Ruh.

1.16

Was liegst du so in deiner wirren Welt darnieder? Ich treffe dich zutiefst in mitternächtiger Ruh, zu heilen deiner Hiobswunden Zahl von Zion aus, in all so trefflichem Gelingen.

Werf Mir nichts vor, was dich betrifft, im Sinnkreis deiner Niederungen. Ich werde dich zur rechten Zeit erlösen von der siebenfachen Qual deiner Gebresten. Mein Sinnspruch lautet: Alle Seligkeit des Himmels sei dir offenbar.

Stehst du am Abgrund, schaue nicht hinein. Solang dein Fuss auf Meinem festen Grunde steht, kann dir nichts Missliches geschehn. Ich segne dich, begab dich mit des All-Erduldens Stärke und verbinde dich mit Meiner Liebe Rosenstrahl. Was deine wahren Werte sind, will Ich dir bündig offenbaren, was dein Heil bewirkt, in deine Seele fliessen lassen. Komm, es duftet dir Mein Sein entgegen und Meines Lichtes Grazie und Wohllaut laben dich wie Himmelsfrüchte, die du reich genossen im Allhier.

So schweige denn vor Mir und sieh dich freudig in Mir auferstehn zu einer Herzensgrösse ohnegleichen und zum Sein in Minne mit dem Allerhöchsten, die befriedet und befreit, begeistert und beseelt in namenloser Zartheit und mit himmlischem Entzücken, das die Weltenwesen so erbarmungsvoll bewegt.

1.17
Der Fürst der Finsternis wird niemals über Meine Pforten triumphieren. Dennoch muss Ich seiner Geste des Verführens gegenüber wachsam und geschniegelt sein, die Reinheit zu bewahren, die Ich Mir seit Urzeit anerzog. Das heisst: Ein Bitteres in Mir darf niemals zum Verhängnis führen. Was je sich kräuselte am Wimpel Meiner Güte, glätt Ich tunlich wieder aus, so wie's die Überschauenden und Götterlichten immer tun in ihren Riesenreichen, ohne jemals Müdigkeit zu spüren. Denn Meine Kräfte sind von unversieglicher Natur und Meiner Gunst und Kunst entspringen unermüdlich Fabelhaftigkeiten höheren Geblüts, die alle auf das Konto Meiner Unverletzlichkeit und kapitalen Kenntnis der Gesetze des Unendlichen gehn.

Wenn du's für gut, gefällig, ratsam und gediegen hältst, kannst du Mich lieben, als dein Retter, Richter und vollkommen unerschrockener Gefährte deiner langgedehnten Lebenszeiten. Das wird dir noch zum allergrössten Vorteil und Gewinnst gereichen in der Folge deiner täglichen Verbindlichkeiten. Ich mach es wahr, dass du allmählich, deiner Willenskraft gemäss, in höchste Ränge auferstehst der Gotterkenntnis und damit der Holdseligkeit inmitten der Verweltlichung, die dich mit Vehemenz und Tücke rastlos, rabiat und rigoros umflutet.

Mir nah zu kommen, ist Gedankenkraft, Entschlossenheit, Vertrauen und Behutsamkeit vonnöten, um das schon gewonnene Gelände der Gottseligkeit zu halten und dein Ich der Hoffnungslosigkeit und Erdenschwere zu entziehn. Mein Weckruf soll nicht unbedacht an deinem wankelmütigen Gehör verhallen. Meine Triebe sollen sich zutiefst in dein weltoffenes und sametsanftes Wesen senken, damit die Prophezeiung sich erfülle, dass du wirst und Bist ein sakrosanktes Teil von Mir und dass du damit auch zur Würde der Gerechten und Erwählten auferstehst. Sein vom Sein darfst du dich nennen, Glorie vom gloriosen Gottesmeistertum, das alle Lichtbegnadeten durchströmt und ihnen Freiheit, strahlende Bewusstheit, Heiterkeit und Seelenseligkeit verleiht im Raum des Ewigen, in den sie sich begeben haben.

Solche Ankunft ist der Würdigen Los und solcher Eintracht mit Mir wirst du würdig ob dem Mut, sowie der Traulichkeit des Himmels, die dich von Mir wunderbarerweis aufs Zärtlichste beseelen.

1.18

Was des Herren Schönheit sich errungen, bleibt in ewigen Gefilden unversehrt und labt und lichtet alle reinen Seelen, die sich ein Bewusstsein von der Geistwelt anerzogen haben. Beständig ist ihr Herz vom Frieden des Allmächtigen durchströmt, der in den Sphären höchster Geister waltet, wie dem Equilibrium der Himmelskräfte wunderbar. Ich habe Meiner Gutheit Teil seit Urzeit schon erwählt und sehe Mich gedankenschnell und wendig durch die Räume Meiner Wirklichkeiten ziehn. Völlig unbeschadet Bin Ich Mir das Fluidum der Götterherrlichkeit im hellen Sonnenstrahlen, sowie die Summe aller Siegestaten, universenweit gesehn. Des Seins Gelüste sind bezaubernd schön und überbieten sich in Anmut, Grazie des Himmels wie in jeder Disziplin, die Herzenstrautheit und Bewunderung gebiert. Ich Bin Mir selbst genug im Seinsbegreifen, das Ich unverwandt und unvermittelt übe. Ausgemerzt und weggedacht sind auch die allerletzten kläglichen Bedenken in Bezug auf Mein Geschick und Meine Seinspotenz in allen Geistesregionen, die Mir untertan. Gnädig walte und regiere Ich in ihnen und unterweise darin Meine Lieben in der Kunst des tatenträchtigen und sakrosankten Miteinandergehns.

Meinem Einsatz ist es zu verdanken, dass die grossen Weltenwerke erst einmal entstanden sind und dass sich Meine Bürgen um sie kümmern und den hohen Standard, der in ihnen herrscht, geflissentlich erhalten und zum Wohlstand aller maximieren.

Es ist Mein selbstverständliches Bestreben, den überragenden Besitz in Meinen Händen nach dem Mass der Kräfte und genialischen Ideen, die Mir innewohnen, zu vermehren. Gedacht getan, ist jene löbliche Parole, die Ich Mir einst ins sinnende Gewissen schrieb.

So ist und bleibt, was ist, beständig, wohlgefällig und galant im Guten Meiner Fülle, Seinsgesetzlichkeit und Makellosigkeit, von der Ich allen, die da hören, sehen und erfahren wollen, allerbeste Kunde und beredtes Zeugnis gebe.

Sei in Mir und richte dich nach dem, was dich beglücken und beseligen will in wundervoll gediegnen Massen. Lass dich leiten zu den Höhen Meiner Wirklichkeit und Meiner heiligen All-Gegenwart in der Unendlichkeit, die Ich vertrete. Räkle dich im Wohllaut deines Mich-Seins allezeit und winde dich im Glück der Tage, die dir hier wie dort beschert sind, als von Mir gegeben und behutsam Meiner königlichen Minne anbefohlen.

1.19
Und ob du hingelangst, hängt wesentlich von deinen Staatsaffären, deinem Sinngehalt und deiner Treue zum Allhöchsten ab, von dem du so viel Güte und Gerechtigkeit empfangen. Wacker und gekonnt, wachsam, salonfähig und authentisch sollst du dich benehmen, um auf Meiner Fährte fürbass vor dich hin zu gehn. Nichts kann dich besser vor dir selber schützen, als Mein Wort des gnädigen Erinnerns an das Königtum, dem du vor Zeiten schon entglitten bist und wonach die Seele ewige Sehnsucht trägt, bis sie es wieder findet in des neuen Lebens wunderbar beseligendem Morgenstrahl.

Was Ich dir hier verkünde, ist das Evangelium der Stärke, Seinsgewissheit und Natürlichkeit am Sein und Leben, das akkurat auf deine Wesenheit und deinen Anstand zugeschnitten ist. Denn wenn du es befolgst, wird es dich unbedingt zu einem Seinsbewusstsein wahrer Fülle, Götterlichtheit und Beseligung führen. Wache, bitte um Belehrung in der stillsten Stille deines Herzenskämmerleins und erfülle, was du weisst, zugunsten einer Weltgewandtheit, Himmelsschau und Reife sondergleichen, die dich dann beseelt.

Dies sei dein Wille, wie der Meine, unbeugsam in der Verwirklichung der Gottespläne, die Ich für dich hege und die sich einer ganzen Menschheit als genehm und fördernd, folgerichtig und final erweisen sollen. Denn nicht dein so schütteres Verständchen, sondern Meiner Gottesweisheit eminente Königszüge werden unbedingt zum Tragen kommen in der Evolutionendichte, die Ich für sie ausersehn. Machst du's kurz, mach Ich es lang in Meiner Virtuosität des All-Geduldens und der Vielzahl Meiner Möglichkeiten grandios, galant, gefährlich und beförderlich zu sein in Meinen Wundern, wie den deinen, die Ich väterlich und figalant im Griff behalte. Meiner Würde angemessen sollst du dich benehmen, bis es Mir gefällt, dich auf den Thron der Götterherrlichkeit zu heben, im Bewusstsein deiner ewig unerschütterlichen Seinsstruktur.

Dann wird solches dein Gemüt mit Freuden des Elysiums versehn und deiner Sehnsucht Qualen in unendliche Bekömmlichkeit verwandeln an dem grossen Werk, das Ich mit dir für Mich und dich getan. Erfülle und erleide, bestreite und vollführe es als Herkules und Gottgesegneter der guten Taten, die deinem Renommee wohl anstehn und die dich ungesäumt zur exquisiten, bravourösen und beständigen Verherrlichung in Meinem Reich des Geisteslichtes und der Seinsbeglückung führen.

2

Deine Treue zum Allhöchsten

2.1

Wahrhaftig achte Ich deiner, wenn du im Schweigen der Nacht von dir weggehst, wie auch am helllichten Tage, wo du Mich nicht zu erkennen vermagst im Rauschen der Gepflogenheiten und Geschäfte, wie in der Ungeduld, die dich im Kampfe mit den laufenden Affären und Bedingungen beseelt. Es stände dir wohl an, ein Quentchen nur der Zeit, die du für Nichtiges verschwendest, Mir und Meiner überragenden Gewähr für Sicherheit und Seelenseligkeit zu weihen. Das soll geschehn, indem du in der Stille - Meiner Gegenwart gedenkst und ihr bewusst wirst in der Herzensharmonie, die Ich um dich verbreite, deiner Seele Schutz und Wohlgefälligkeit bereitend. Sieh dich in der Geistwelt als ein Faktor der Beständigkeit und Unbeschwertheit, als Geliebter Meiner Schöpferkräfte, wie als Traulicher der Göttersphären, die du allezeit bewohnst: bewusst und unbewusst in deinen Wundern und Holdseligkeiten, als in Mir und Meinem wonnevollen Raumgefühl.

Tränke dich mit Licht von Meiner Art und fülle dein Bewusstsein mit dem Wohllaut Meiner Gnaden ebenso wie mit der Wertbeständigkeit, die Ich dir liebvoll offeriere. Winde dich in wunderbar beseligenden Kreisen Meinen Höhen zu und reife rastlos und rasant, gutgläubig und gelehrig Meinem allerhobnen Sein entgegen. Zähle Sterne, statt Moneten und sie werden dir von Meiner Unerschöpflichkeit und Grazie, Beständigkeit und Makellosigkeit erzählen. Ich nehm dich mit auf Meine Reisen durch Unendlichkeiten und bewahr dich vor dem Absturz ins Banale deiner Zeit, indem Ich dir den Himmel öffne deiner ganz reellen Geistigkeit in Mir. Du Bist und siehst dich fähig, Meinem Wort vom Sinngehalt des Ewigen zu glauben und ihm nachzuspüren mit der ganzen Inbrunst deines Herzens und Gemüts und deiner Liebe zu dir selbst und deiner fabelhaften Seinsstruktur.

Gängig ist und hängig die Parole von der göttlichen Substanz, die in dir webt und west und immerdar dein wahres Wesen ausmacht und mit Kraft und Mut versieht für deine allerbesten Taten. Komm und sieh und schau auf das, was Ich dir väterlich und felsenfest bedeute als galante Rezeptur für dein Vertrauensvoll-in-Meine-Zukunft-Gehn. Schon bildet sich der Götterglanz auf deinen Zügen und die Seele spürt den Odem der Allherrlichkeit, in deren Sanktuarium du liebvoll eingetreten. Du entdeckst, dass du dir Bist das Sein von Meines Seiens Manifest und Hochkultur, von Meiner Zartheit des Bewegens, wie von der Schönheit Meines All-Erscheinens in der Weltnatur. Heilige, was du dir Bist, indem du Meiner Heiligkeit entgegenstrebst und finde dich im Heil der Gotteswelten wieder, deren Teil du bist und deren Fluidum dich warm und seinsbeseligend umflutet, wonnevoll und wunderbar.

2.2
Meine Weihe ist vonnöten auf dem vielgeliebten Weltenplan, um vieler Wesen Unmut zu ertöten. Ich erwäge auf und nieder, was Ich für die Menschen tu, die so unbewusst und bieder driften ihrem Unheil zu. Da erweck Ich das Bedenken, in der Himmels-räume Saal, sie zu Meinem Licht zu lenken, mit der Liebe lichtem Strahl.

2.3

Das lässt sich freilich nicht verleugnen, dass die himmlischen Heerscharen seinssubtil geartet sind. Ich weide Mich am Wohllaut ihres Jubilierens ebenso, wie an der Inbrunst ihrer Stimmen, die voll Seligkeit die Räume Meiner Gegenwart durchwehn. Wo Freude herrscht, befinden sich die Herzen wie in einem Taumel nie gekannter Wonne am Geschehn der hunderttausend Liebenswürdigkeiten, die verschwenderisch vom Einen zu dem Andern sich verströmen. Da Bin Ich mitten unter ihnen und befeure und beglücke sie mit Meinem hell- und heilgefühlten, Sonnenstrahlen.

Mag dir dies alles noch als wie ein Wunder reiner Phantasie erscheinen, Mir ist es wirklich und wahrhaftig und erhaben über alles weltliche Getute und Gedränge in den Höhen Meiner immerwährenden Barmherzigkeit am Sein und Streben. Bin Ich immer so, so sollst du's mählich und, vom Sein begeistert, werden in der Hierarchie der Gottesgeister, die da sind und ihren Ursprung und ihr Bleiben allgemach in Mir und Meiner Wohlgefälligkeit gefunden haben. Ins Diesseits wie ins Jenseits öffnet sich der Himmel Meines Weltseins - und darüber und darunter lass Ich Meine Werte und Beständigkeiten spielen.

Das wird daraus, wenn eine makellose Seele sich dem Sein ergibt und nur noch darauf wartet von ihm ganz ergriffen und gelöst zu werden, bis zur Unerklärlichkeit des Zustands, der da heisst: Erlösung ins Unendliche, wo Meine Glieder ewig künden von dem Unermesslichen in Mir. Die Sprache spreche Ich der Fülle und der Phantasie, der Langmut, Sanftmut und Entschiedenheit im Wollen, Wirken und Vergehn. Keine Sorgen lass Ich spriessen, keine Unbill sich vermehren, denn in

Meiner Absicht liegt unendlicher Gewinn am Treuesein Mir selber gegenüber, wie an lichter Leichte der Gedanken, die wie Rosenwölkchen durch den Morgenhimmel Meiner Seinsbewusstheit schweben. So verkünde Ich Mein Über-Mich-Verfügen und so wird einst dein Eignes sein, indem du dich erkennst als Mich in Göttergründen und dir alle Herrlichkeit und Grazie, Holdseligkeit und Liebenswürdigkeit der Welt voll Sanftmut ins Gemüt geschrieben steht.

2.4

Was stehst du noch herum, Mein lieber Seins-geselle und hältst dich von Mir fern, als wärest du dazu verpflichtet, deine Lebenstage immer nur in Schläfrigkeit, Unwissenheit und Trägheit zu ver-bringen. Dabei bräuchte es im Grund nur wenig redliche und silberhelle Überlegungen, mit denen du dir deine Geistigkeit und damit deinen Ursprung offenlegen könntest. Evolution von oben bis zu dir hinunter wird dir das beweisen, wenn du nur die Gnade hast, für unvergleichlich wichtige und richtige Momente deine Unrast aufzugeben, um ganz gelöst in dir und damit auch in Mir und Meiner Gotteswelt zu weilen.

Es geht darum zu spüren, dass du Bist ein Kind des Ewigen und eine blinkende Standarte der Allherrlichkeit, sowie ein treffliches Idol der Geistes-kräfte, die dich nach ihrem Bild und Gleichnis voll Begeisterung, Fürsorglichkeit und Fabelhaftigkeit geschaffen haben. Es reden dir die Wissenschaft-lichen beständig ein, du seiest aus des Irdenen Gewinnst zu solcher Vielgestaltigkeit herange-wachsen in des Lebens Wandel, Sucht und Spiel. Doch übersehen sie dabei, dass geniale Geistes-kräfte nötig sind, um so viel Unvergleichliches, Geschicktes und Erstaunenswertes zu vollbringen.

Diese Einsicht, recht vertrauensvoll gepflegt, wird dich voll Sanftmut und Entschiedenheit in Meine Nähe bringen und dich so erretten vor dem freien Fall in die Verirrungen, die dir das Stoffliche und Weltliche bereitet, das nur die Basis ist für deine geistgelenkten Taten. Damit mehrt sich mählich die Erkenntnis von der götterlichten Seinsstruktur, die alles trägt und bildet, was da ist und was sich regt und rigoros am Leben hält in seiner Eigenart zu existieren. Und welkt sein Leibliches, geht damit längst nicht seine Überlebenskraft verloren, denn es gibt für das Lebendige ein stetes, wunderbares Wiederauferstehn. So bist auch du, o Mensch, als höchstes Schöpfungsglied in geistig ewiger Potenz in dir gefestigt und von Mir in das Erschauen der Unendlichkeit geführt von deinem Wesen. Du Bist und bist dazu berufen in bedingungslosem Heitersein und in der Seelenseligkeit des Allerhöchsten deine innere Freiheit auszuleben. Die Gewahrnis deiner selbst wird dir dazu verhelfen, dich als Gottesmanifest und Meisterwerkt zu sehn und dabei wahre Meisterwürde zu erlangen.

2.5
Unnachgiebig, unerschöpflich, unerschrocken und real Bin Ich von dem Moment an, wo Ich das Bewusstsein eines Gottes und der Himmels-strategie erlangt und ausgekostet habe. Mir obliegt es, Weltenwerte zu verkünden, die für jedermann erreichbar und erlebbar, hundertfältig ausgestreut und wunderbarerweis gesegnet sind von Mir. Es wälzt sich Meiner Gaben Strom allwie ein heilend Wasser durch die Gassen deiner Menschlichkeit,

Galanterie und Widersprüchlichkeit, um dir Mein Seinsszenario mit auf den Lebensweg zu geben. Du bist keineswegs verpflichtet, es zu akzeptieren, aber wenn du's trotzdem tust, wird dich die Fülle Meiner Kraft und Phantasie, Gerissenheit und Weisheit überströmen, dass du blinzelst vor Verwunderung mit wachen Geistesaugen. Nimmersatt im Sinn des höheren Gewissens sollst du sein, um dir den wahren Fortschritt zu ergattern, den Ich meine in der Geisteswelten gloriosem Schoss. Dort perlen unablässig Gottgedanken auf dich nieder und befruchten deine brachen Felder mit Vernunft, Gelehrsamkeit und Gottgefälligkeit in einem. Du bist nicht irgendwer, doch eine von Mir anberaumte Studie von ausserordentlicher Raffinesse, die Ich Mir zum Zeitvertreib erschuf. Dein Verhalten zeigt Mir, was noch nicht vollkommen arrangiert und ausgebügelt ist in Meinem vielgepriesnen Schöpfergarten, Labor und Juhee.

Auf Mich triffst du als auf den Freundlichsten der Freunde, die dir je begegnet sind und weidest dich an Meiner exzellenten Schöne. Du schliessest dich Mir an in einem Seelenaufwall ohnegleichen und bist damit dem Sein vermählt für alle Zeiten. Hilf dir selbst und allsobald wird dir von Mir in Überschwänglichkeit und Liebe, Wonne, Grazie, Geduld und Virtuosität geholfen.

2.6
Aufgetaut im Frühlingsregen sind die Fröste der Natur, derweil das Sonnige sich mehrt in unerschütterlichem Steigen. So auch des Weltenfühlens Sinn, Prosperität und Regelmässigkeit, von Mir geschaut, erstritten und erlebt im Guten wie im

Gütigen, das Ich mit Leidenschaft, Genie und Liebenswürdigkeit betreibe.

Betrachte du Mich als ein Virtuosum im Gedankenspinnen, wie im tätigen Empfinden der Gefühle aller Kreatur. Es ist, was Ich Mir Bin, ein weitgedehntes Fluidum von Kraft und Süsse, Tauglichkeit und Minne am unendlichen Geschehn. Was du dir selbst bedeutest, ist nicht minder glorios und kapital, unsterblich und gerissen, wenn du's nur erkennen magst in deinem Dich-Verwundern. Wache auf zu Mir und weide dich an der Glückseligkeit des Universenseins, in die du willig eingetreten.

Manifest der Hoffnung auf Vollendung in Mir soll dies Wortverspielen sein, soll dich das Eldorado der Genügsamkeit erwarten lassen aus der Fülle, die dich sonnenklar beseelt. Du wandelst in der Glut und Hut des Allerhöchsten und bist als Kleinod der Gottseligkeit in Es gebettet, genauso wie es dir darin gefällt, die Angelegenheiten deines Seins zu wollen und zu sehn. Wolle Mich und du bist Meiner Grazie gewiss in unermesslicher Manier. Sehe dich erlöst von allem Bangen und du Bist das Unikum der Freiheit und Glückseligkeit, des Friedens in dir selbst, wie der Beschaulichkeit und Trautheit mit dem Ewigen im wunderbar gesegneten Allhier.

2.7

Was du immer willst, ist auch Mein Wagen, was du sehnenkräftig anpackst, ist desgleichen Meiner Meisterschaft von Zug und Druck, Beständigkeit und Opfersinn anheimgegeben. Ich halte, überwalte, trimme und beginne, was da ist in Meiner Strategie des All-Bereitens und der makellosen Niederkunft von Meinem Sturm genialischer Ideen und Gestaltungen im lichterstrahlenden Allhier.

Mach dir Meine Weise der Verwegenheit und Klugheit, Kühnheit, Fruchtbarkeit und Bodenständigkeit, subtiler Geistigkeit und Transzendenz zu Nutze und sei davon wie selbstverständlich von bewundernswerter Folgerichtigkeit und Klarheit des gedanklichen Kalküls erfüllt, als im vollkommnen Equilibrium mit allen Teilen, die sich wunderbarerweis zum Ganzen fügen.

Ich Bin kein Despot, wo immer es auch gilt, den Gotteswillen durchzusetzen, sondern lasse Überzeugungskraft, Philanthropie, Manierlichkeit und Harmonie in Mein bewegendes Beginnen fliessen.

Ich Bin dein Meister, du der Knecht, der, Meiner würdig, seine Seinsgestaltungen mit Ausdruck, Wendigkeit, Galanterie und Nützlichkeit versieht, genau nach Meinem Anspruch und Befehl. Es ziemt sich, zügig und markant, trittsicher und gehörig zuzugreifen, sonst verstopfst du Mir den Schacht, den Ich mit deiner Hilfe in die Tiefe täufe, statt ihn ordentlich und zeitig freizulegen.

Bist du pünktlich, ausgeruht und wohlbereit zur Stelle, wende Ich Mein Augenmerk dir zu und trachte danach, dich beweglich und bewusst zu halten mit dem Blick in Meine Weiten und der Sehnsucht nach der Wohlbekömmlichkeit, die Ich dir in des All-Seins majestätischem Befund bereitet habe. Denn nur in dem Über-All, in dem Ich Mich befinde, kannst auch du dich unbeschwert und richtig heimisch fühlen, als im Seinsbewusstsein Meiner Art, das sich mit Gottesweisheit schmückt und mit unendlichem Bewähren.

Ewig dein sind Meine Güter, wenn du dich dazu ermannst, sie zu erbitten und zum Wohl der Allgemeinheit zu gebrauchen, die Ich Bin und dessen Würde dich zur angemessnen Tat befeuern soll in Meinem Zaubergarten.

Was immer du hier unternimmst, beeinflusst Meinen Wert im ganzen unermesslichen Gefüge und bestimmt auch dein Befinden als glückselig oder kläglich, klargesichtig oder trübgesinnt in der Unendlichkeit, die dir, wie Mir, zur wunderbar gefälligen Verfügung steht. Gebiete und es wird, gehorche und du wirst Gefallen finden an dem Sein in Meinen Sphären der Holdseligkeit und Güte, Lieblichkeit der Sterne und Verlässlichkeit der Geister, die sich deiner Wohlfahrt weihen, wie dem unaussprechlich gnadenvollen Weltenwohl.

2.8
Vereinigung macht stark. Eins mit dem Geiste Gottes sollst du werden, vermählt mit Mir und mit den Scharen guter Geister, die aus Mir hervor- gegangen sind, den Himmelsraum zu zieren. Nun bist du, als ein geistig Wesen in dein Leibliches gesenkt, genau dasselbe Sein und Wesen, wie es alle sind in Mir. Göttlicher darfst du dich nennen, eins mit allem, unvergänglich, seinsbewusst und wunderbar.

Das ist die Wahrheit und die Redlichkeit Elysiens, die dir bereitet ist seit aller Zeit und die zu finden deine höchste Pflicht und Sorge sein soll in der menschengöttlichen Allüre, die du selber als des Seiens Sinn in dich gelegt. Erkenne dies in Lauterkeit und Liebe zu den deinen, die da sind in Menschen- wie in Himmelreichen.

Nun wisse, dass das Sein selbander sich in hehren Schöpferschritten unentwegt zu höherer Qualität, Vielfältigkeit und Unermesslichkeit bewegt. So ist es auch dein Auftrag, auf der Stufe deines Dich- Empfindens, mitzuwirken an der grandiosen, schöpferischen Evolution, die seit Äonen alles mit sich reisst, was ist und was die Geister all in sich erstaunen lässt im Universensein, das ihnen licht und leicht und wonnevoll beschieden. Du wirkst am All, will Ich dir unaufhörlich, liebevoll und zärtlich sagen. Jeder deiner Schritte ist ein Gang zu höherer Erkenntnis als in Mir und Meinem Dich-Begründen. Ahne du das ausserordentlich Gefällige, das du dir sein kannst, wenn du nur genügend tief in dich hineingehst in der Fülle deines Dich-Erlebens. Aufmerksam und wachsam sollst du sein in jedem Augenblicke, den du zum Verändern deiner selbst gebrauchen kannst. Denn eh du warst und eh du sein wirst, Bist du jetzt und immer jetzt in einer nie verebbenden und immergrünen Woge der Holdseligkeit, die dich emporträgt in die Weiten des Bewusstseins, die dir innewohnen. Im Jetzt ist deine ewige Glückseligkeit begründet wie im Sein, das dich von Fülle zur Erfüllung führt von Grazie zum graziösen Himmel, dem du innewohnst in unnachahmlicher Grandezza und Genügsamkeit, Gediegenheit, Glückseligkeit und Gotteswürde, jetzt und hier.

2.9
Die Geburt des Ewigen in deiner Seele ist ein freudevolles Grossereignis kosmischer Natur. Jahre-lang mag sie bloss hin- und hergetaumelt sein zwischen Zweifeln, Ängsten, Aufruhr, Not und Pein und dem beseligenden Hauch des Friedens, der sie in köstlichen Momenten leis berührte als beredtes Zeichen von des Gottes liebelichtem Strahl. Nun ist das wundersam Beglückende für sie zu einem immerwährenden, geheimnisvollen Freudenfest am Dasein und unendlichen Gewinnst geworden, dem sie sich in Liebeszärtlichkeit, Ver-

zückung und Begeisterung hingibt, mehr und mehr. Es ist wie ein unendlich weitgedehntes Schweigen, dem sich wunderbar gesegnete und süsse Klänge der Holdseligkeit und Grazie des Himmels beigesellen, nie vordem gehört und nie so liebenswert und zärtlich, seeleninnig und bewusst empfunden.

Das ist nun das all-einige Erlebnis, lebelang gesucht und endlich auch gefunden, welches dir und jedem Menschen frommt zu unvergleichlich reichem Nutzen und zum grandios empfundenen Erheben in die Sphären der All-Göttlichkeit voll lichtem, liebeszartem Sich-Verstrahlen. Du Bist und bist in ihrem wundervollen Schimmer ein Idol des heiligen Begreifens der allgöttlichen Natur, die sich in überschwänglichem Vergeben noch in jedes Wesen senkt, das sich ihr öffnet voll Vertrauen, Minne und Gelassenheit am Leben.

Willst du eins mit ihnen sein, so säume nicht, dich auf die hehre Herkunft zu besinnen, deren Zeuge du dir selber bist in deinem Dich-am-Sein-Verwundern, das du darstellst: rigoros, geschöpflich, seeleninnig, geistreich, wonnevoll und wahr.

2.10
Ich darf dir schon erklären, wie bedeutungsvoll und unerschütterlich Mein Sein in alle Himmel sich erhebt und durch die Sternensphären schwebt in ewiger Glückseligkeit und Minne an sich selbst, in Trautheit und Empfänglichkeit für aller Welten Herzensgaben, die Ich Mir erschuf. So gibt es sich, dass Meines Einsseins Elegie in Schöpfungsakten sich verflutet und vervielfacht und dabei von Meiner All-Erhabenheit die Ränder kräuselt, als Gedanke und Geschehn im Sog der Universenweiten. Das ist Mein Bedürfnis, Meine Tat und Mein Erschrecken

über so viel Wirrnis, die noch herrscht am Rand der lichtbeseelten Wasser in den Lebenswüsten ganzer Völker auf dem winzigen Erdenrund, derweil doch alles aus der Unbescholtenheit der Himmelsmächte und –gesetzlichkeit hervorging Meiner Provenienz und Güte, Seinsgelassenheit und Harmonie.

Des ungeachtet treibt doch Mein In-allem-Sein - Mich-selbst-Entfalten seine Blüten und verfolgt mit unerschütterlich graziler, liebevoller und bedeutender Gebärde nur das eine Ziel: Das so genial Geschaffene schlussendlich wieder heimzuführen in der Gottheit heiligen Hof, wo jeder sich in Liebeswundern wiegt und in der Heiterkeit des Sich-Vermählens mit dem Sein, das allen ist beschieden.

Ich aber Bin in Meinem innersten Empfinden die Gottseligkeit an sich, an der Ich Mich aufs Köstlichste erlabe. Es gibt kein Rauschen, das da wohlgefälliger und zauberhafter wäre, als Mein eignen Sinnens und Gewahrens Melodie. Ein fürstlich unbeschwertes und gelassenes In-Mir-Verweilen stilisiert Mein Sosein zur All-Herrlichkeit empor, in der Ich Mich dezent und götterlicht erfahre.

Trage du im Herzen dies Idol des Himmels über dir, wie auch der Glut in deinem Innesein von Mir. Es mehren sich die Zeichen, dass auch du dich deines Weltenseins bewusst und deines Götterwesens sichtig werden kannst. Dann wird dieselbe Freude, Friedefertigkeit und Harmonie in deinem Herzen auferstehn und Meine Art zu wirken und zu sein wird dich ergreifen. mutvoll, wesenhaft, gewaltig, schlicht und innig, licht und wunderschön.

2.11

Demonstriere du die Gutheit deiner Züge und Ich will derweil genau dasselbe tun in Mir. Überwachen sollst du dein Gehaben unablässig, unfehlbar, damit kein Fehltritt dich auf eine falsche Fährte führt oder gar zu Fall bringt im Mysterium des Lebens, das sich schrittweis dir entfaltet in der Zeiten Wonnesein und Weh.

Ich spreche deine Innheit an mit allem Schwerverständlichen, das Ich dir so besage. Du sollst es anerkennen mit der ganzen Glut des Herzens als das Elixier der Hoffnung auf ein Besseres und Wohlbekömmlicheres, dem du unentwegt entgegengehst in Meiner Gottesgründe Equilibrium. Zuzeiten wirst du schon die lichte Bläue Meines Liebeshimmels schauen, mit dem Ich dein Bewusstsein überspanne in beseelter Geistesminne, deiner Wohlfahrt und Gelassenheit entgegen.

Was Ich von dir wünsche, ist die stetige Entfaltung deines Ich-Gefühls im Sinne des Erkennens deiner selbst als Mein gottselig Angebinde über aller Weltenwirrnis wie in der getragnen Hoheit deines schicklichen Benehmens. Du Bist in Mir, von Mir und mit Mir eine Seinsoase von berückender und überwältigender Vielfalt der Gestalten und des seinsnatürlichen Erblühns. Dir ist darin die Sage von den Paradiesen, die da sind, bewusst und wahr geworden zur holdseligen Erbauung und Bewunderung in deinem Dich-als-Gottes-Tochter-oder-Sohn-Verstehn.

2.12

Kapitän auf hoher See sollst du dich nennen, wenn sich jemand nach dem Sinn in deinem Sein erkundigt in der Absicht, ganz Persönliches und Hintergründiges von dir zu erfahren. Dann magst du als dein Ziel den Meerstern vor dir auferstehen lassen, der in ewiger Ferne sich dem hoffnungsvollen Navigator präsentiert, um ihn auf einem Kurs zu halten, der schlussendlich durch die schlimmsten Wogen, wie die seidenweiche Glätte, ins Unendliche führt, das ihm am Ende seiner kühnen Fahrt beschieden.

Ist es nicht zweifelhaft, in solchen Bildern über das Geschick zu reden, dem der Mensch in seinem Sein und Streben ständig unterworfen ist, in der Welt Gefüge und Gewalten? Da sag Ich nein, weil hinter allem, was wir uns voll Verve und Wille vorzustellen wagen, unerhörte Kraft zum Guten und Beständigen liegt, von dem du in beseelter Klugheit zehren kannst in deinen Wundern und Verwegenheiten.

Wie dem Ruf des Pirol sollst du folgen dem, was Ich und Meine Treuen in dein Ohr gestossen. Es soll dein Heil und deinen Hochsinn zu fördern am enormen Werk, das Ich dir durch Unendlichkeiten zur Erfüllung aufgetragen. Meister sollst du werden deiner selbst nach längelangem Suchen und Gesellentum in deiner Lebenselegie. Da heisst es, sich zutiefst und akkurat auf Meinen Ratschlag und Erkenntnispfad beziehn, den Ich vor dir voll genialer Weisheit, Muttersorglichkeit und Energie verbreite. So geschiehts um deines Seelenheiles Willen, das Mir wie nichts am Herzen liegt und Mich persönlich angeht in dem Unisono, das beständig Welt und Himmel brüderlich zusammenhält. Das ergibt ein Ganzes von bewundernswerter Qualität und Sitte, Seinsglückseligkeit und Minne an die Gottheit, die noch hinter allem so Geschickten und Vortrefflichen ihr Sein versinnt im seelenvollen und wahrhaftigen Sich-selbst-Behüten.

2.13

Einst fand Ich Gefallen daran, bewusst aus Mir hinauszugehn und als ein Abbild Meiner selbst im All zu existieren. Das war ein Abgesang ins Herbe, Illusorische und zugleich war es eine faszinierende Vermehrung Meiner Gottesqualitäten. So wie sich Menschen ihre Bilder schaffen, bilde Ich lebendige Gedankenwesen von bewundernswerter Qualität, die wiederum die Kraft besitzen, wesenschöpferisch und sinnvoll zu agieren. So walle Ich hinunter bis zum Menschentum und wieder höhwärts durch die Hierarchien hochpotenter Geisterscharen, die ihr weihevolles Werk in Mir, durch Mich und als Gesandte Meines Eigenseins verrichten. Da kann es dir verständlich werden, dass auch du als Zeugnis Meiner selbst und demzufolge als ein Wesensglied von Meiner Kraft und Güte operierst in deines Daseins Kuriositätenladen. Mach es dir zur Pflicht, deswegen Meinem Wink und Willen aufs Entschiedenste und Liebevollste zu gehorchen, wie sich's für ein wohlgefällig Kind gehört, damit ein warmer, voller Segen auf ihm ruhe wie der lichte Morgensonnenstrahl.

All so bade dich in Mir und Meinem grandiosen Geistgefüge als in Meinem Anhang, Anteil und Geschiebe am Geschick der Welt, das sich schlussends als Wunderwerk erweist von Meiner Güte Strahlen.

Fasse Mut und fasse dich in Meinem Göttersinn zusammen als der Letztgeborene, wie auch der Erste in der Zukunft Zauberstadt und spiegelblankem Flor. Erringe, was dir frommt, im Zirkel, den Ich vor dir und für dich beschreibe und sei Meiner Herrlichkeit Gefährte, Fabulosum, Anstand, Sinnkraft und Gewähr.

2.14

Du lebst und wirkst auf dieser Welt und weisst nicht, dass du täglich mit der Erde Meinen Leib mit Füssen trittst und dass du trinkst mit allem Flüssigen Mein Blut dir zu Gefallen. Wenn du dies weisst und dir präsent hältst, bist du dem Christusgeiste nah und somit ist dir die Entfremdung von dem Göttlichen vergeben.

Genau an diesem Punkte scheiden sich die Geister, denn die einen wollen in der weltlichen Allüre partout keinen Deut von einem Geistigen gewahren. Mon Dieu, wie ist das höchst fatal, denn damit schliesst ihr wacher Geist sich von sich selber aus und führt sich ad absurdum, wie die Dinosaurier im letzten Zucken.

Sucht einer Mich in allem, was er findet, kann Ich sein Bewusstsein liebevoll und zart mit der Erkenntnis tränken, dass er Meines Seins Gefährte, Ebenbürtiger, Teilhaftiger und Heilgewordner ist mit allen Rechten und Gewinnsten, die die Gottessöhne in sich tragen. Merk auf und schau dies alles als dein wohlgefällig Sinngedicht und Ziel und du bist wie verwandelt in das Eine, das da von sich sagt: Ich Bin und weiss, dass es damit sich selbst erkennt im Wonnesein des Allerhöchsten, liebevoll, glückselig, licht und wahr.

2.15

Markant und doch geschmeidig, feinfühlig und verbindlich ist Mein Auftritt in dem Schulsystem von Welt und Leben, dessen Vorstand und Verfechter Ich seit jeher vor Mir selbst gewesen. Wache Gründe tun sich vor Mir auf, wenn Ich den Raum des Unterweisens leis, gewissenhaft und unbeschwert betrete, um Mich selber in den simpelsten wie exklusivsten Fächern zu belehren. Da halt Ich sehr darauf, dass Disziplin, Empfänglichkeit und gute Laune herrschen in den überaus gefälligen, geselligen und lukrativen Lektionen, die mit Witz und Würde, Glaubhaftigkeit und Eleganz gespickt sind, um die Gelehrigen und Meinem- Lehrstoff-Hingegebnen zu verblüffen und befriedigen zumal. Was Ich nicht gelten lassen will, ist die Zerstreutheit der zwar willigen Gemüter, die zu Gedankenlosigkeit und Willensschwäche führt. Du siehst, wie sehr Ich darauf halte, konsequent und unbehelligt vorzugehn, damit die hocherhabenen Gedanken Meiner Zunft und Zucht gebührend Wurzel fassen können. Das ist, womit die Welt vorankommt und die Geisteshaltung Mir entgegenstrebt in allen Disziplinen, die Ich für vernünftig und vertretbar halte.

Die Konsequenz aus solchem Handeln soll auch in dir ein mächtiger Impuls zur Revelation der Gottesgüte werden, die, in dir verborgen, der Auferweckung, Auferstehung und Bewährung harrt, als das Nonplusultra deines Lebens, Wirkens und Bestehns. Ich sage dir, es wird der Lohn für alle deine Mühe sein, wenn du durch Meinen Zuspruch aktiv und dir selbst vertraut geworden bist und dann auch überselig in der Schau, auf was du wirklich Bist, um Meines Wortes Trieb und Traulichkeit, Bedachtheit und Bedürfnis richtig auszuleben.

In Meinem Namen, Atem und Verfügen sollst du sein ein bodenständiger Kadett der Hoffnung auf Unendliches, das dir geschieht, wenn du es auch erwartest und kein Mittel scheust, es dir zum Inhalt deines Lebens, Liebens und Bewusst-Seins zu erwählen.

Das wird ein festlich Jubilieren sein in deines Herzens seliger Klausur, wenn du erkannt hast, was du Bist, in Meinen gottesgeistigen Bereichen, die sich dir glasklar öffnen, hundertfältigen Lichtes, Wonneseins und Dankens, wunderbar.

2.16

Magnifikat in allen Landen Meiner Kunst Mich regelrecht zu etablieren im geliebten Reich der guten Gaben und der Auserlesenheit der Geister, die ihm innewohnen.

Erwecke du in dir die Pflicht, Mich nachzuahmen in der Sucht nach Wahrheit und Wahrhaftigkeit des Seins in allen Regionen deines Wirkens und Die-Welt-gebührend-und-rechtschaffen-zu-Verstehn.

Es weht der Wind der Sanftmut und Gerechtigkeit von Meinen Hügeln und die Milde Meiner Worte hellet auf, was deiner Seele unbekömmlich war.

Lass sie nur schauen, was sie Meinerseits durchströmt und winde, wenn du winden willst, gerade Mir ein Kränzchen ob dem Wohlgefühl, das dich von Meinem Gegenwärtigsein durchflutet.

Deine Lage ist so hoffnungsvoll, wie eh und je, wenn du dich Meiner Kraft zum Guten unentwegt erinnerst und sie selig als die deine anerkennst im Blütenkleid ein jeden Tages. Sieh doch, wie er dir schweigsam, unberührt und heil entgegenströmt und dir das Wunder deines Seins vor Augen hält in all so sanften, liebevollen und beseligenden Zügen.

So löst sich alleweil in Minne auf, was voll Zuversicht begann und so verseh Ich dich mit einem Lächeln der Versöhnlichkeit am Sein und Leben, das dir zur Wonne und Glückseligkeit gereichen soll in wunderbar gesegneter und seelenvoller Harmonie.

2.17

Das Unendliche Bin Ich im Hier der Zeiten und Erhabenheiten. Ihren hochheiligen Namen tragend Bin Ich der wunderbar Gesegnete, von dem des Ewigen Weisheit, Stärke und Bewegtheit ausgeht, meisterlich und lebensfroh. Was Ich Mir Bin, hat immer schon Wahrhaftigkeit geheissen; wohin Ich Meinen Strahl versende, blüht und glüht das Leben auf in wunderbar begehrenswerter Vielfalt, die von Gottes Schönheit zeugt und von seinem sagenhaften Über-sich-Verfügen.

Wer ist befugt, in Seinem Sinn zu wirken und Sein gütestrahlend Niederkommen zu bestehn? Gerade du in deiner Einfalt, Fürbitt und Verbindlichkeit mit Ihm, sowie du dein Vertrauen zu ihm richtest und Ihm in Sehnsucht voller Veneration entgegenkommst auf transzendenter Fährte und mit einem Seinsgewissen ohnegleichen, das dich führt und festigt in der Zeiten Zucht und unerbittlichem Gehabe.

Indem du, Mir gehorchend, meisterst, was dir frommt, in freien Tagen, wandelt sich dein Sinn zu einer glückverheissenden Synthese zwischen Mir und deinen schöpferwilligen Intensionen. Dein warmer Freudenruf wird zu Mir dringen, wie dein Dankgebet aus übervollem Herzen für den Wandel und die Wahrheit, die du wesenhaft und wohlbewusst in dir erfahren. Das ist nun fürstlich und final an dir geschehn und hebt dich in die Reihe der Gottseligen und Gütevollen schlicht und liebelicht hinan in Meine Gärten des glückseligen Erinnerns und Dich-selbst-aufs- Trefflichste-Verstehns.

2.18

Nicht dein, Mein Wille geschehe, spricht der Herr in seiner Weisheit, Unvergänglichkeit und Liebe zum Geschöpflichen, das ihm wie nichts am Herzen liegt in seinen universenweiten Operationen. Wir kommen ja zu nichts, wenn jeder seine seinsskurrilen Eigenheiten auslebt und sich keinen Deut ums Ganze kümmert, sage Ich und schreibe: du sollst Mir der rechte Untertan in Meinem Reiche sein der seinsharmonischen Gewalten, wie des schöpferischen Flairs für neue Wunderwerke in der Gottesgalerie von Meiner Inbrunst und Gewähr.

Wo Ich befehle, fällt der Hammer allsogleich ins tätige Geschehn und lässt voll Lust die Funken sprühn der fabelhaften Formen und Erfordernisse, Meiner Willenskraft gemäss. Titularprofessor oder silbenschwerer Magistrat magst du dir sein, doch bleibst du immer federleicht im Blick auf Meine Art, Gerechtigkeit zu halten unter allen Wesen, die da sind und seiend ihren Part nach Meinem Ratschluss und Befehl verrichten.

Keine Sache ist die Meine, wenn sie nicht die Schicklichkeit, den Charme und die Bedeutung ganzer Völker widerspiegelt, die gekonnt in Meinem Sinn und Geist agieren. Immer sollst du Mein Gefährte, Wachgewordener, Gezügelter, Getreuer und Gelassner sein im Zaubergarten Meiner Provenienz und Güte, Gastlichkeit und Wohlgefälligkeit am Ganzen Meiner Universentour.

Ich meine es so gut mit dir, dass Ich dich auf Meinen Thron erhebe, ohne noch der Fährnisse zu achten, die Ich damit leichterdings heraufbeschwör. So sicher Bin Ich Mir, weil Deines - Meines ist im wunderbarsten Einklang, der sich denken lässt, mit Meinen Gottesgründen. Besser spät als nie, bedeut Ich dir in deinem Langen nach Gewinn und

Schönheit, Leicht-Sinn und Behagen. Das heisst, dies alles gibt sich dir, wenn du dich endlich dazu aufraffst, wahrlich mehr zu sein als bisher und Vertrautheit mit dem Sein zu schaffen. Was du dir so erringst, ist eine Wohnstatt im Olymp der Götter, die unter Meinem Schutz und Namen ihre schönheitsträchtigen Kreise ziehn. Sie sind in Meinem Sinn Gewordene der Tugend und Allherrlichkeit, der Läuterung und Liebenswürdigkeit im Morgenrot der Zeit, das sich im Jetzt vollzieht und allen aller Güte Seim beschert, der sich erdenken lässt in Meiner gastlichen Philosophie. Mein Segen ist dir sicher, wie Mein Liebesströmen, in der Einfalt und Beseligung, in der die Seinsgeschichte endet, die Ich dir in guten Treuen vorgemalt und vorgetragen habe. Dazu bin Ich da, um Mich zu mässigen und dir gerecht und liebenswert zu sein auf ewig im unendlich zauberkräftigen Allhier.

2.18
Freund Hein ist hier, wie überall, der grosse Retter in der Not, denn er bewahrt dich davor, dein Bewusstsein vollends in dem Weltenglanze zu verspielen. Dein Wesen ist ein geistgeborenes Mysterium und existiert, auch ohne dass es sich im Körper inkarniert. Solang du diese Wahrheit nicht erkannt hast, wirst du glauben, dass du sterblich bist mit deinem Leibe. Demnach hat der Tod den Sinn, dir deines Wesens Unvergänglichkeit zu offenbaren.

Liegt dein Körper so darnieder, wirst du allsogleich erfahren, dass du Bist als Neugeborener im Reich des Gottesgeistes, das von Mir in lebensvoller Wirklichkeit bewohnt, begriffen und gestaltet ist. Ich behaupte Mich in dir als Sein vom Sein in strahlender Bewusstheit, aus der das Vielerlei hervorgeht, das dich so verwirrt und dich in ein betrüblich Illusionenspiel verwickelt, dem du nur mit höchster Einsicht und mit unerschütterlichem Heldenmut entgehst.

Du hast jederzeit die Chance, dich ins absolute Stillesein vom Weltenrummel und Getös zurückzuziehn, um dich als Meines Geistes Wesen zu erfinden und verstehn. Denn es heisst: Verstehst du dich, hast du das Universensein verstanden, das in dir pulst und glüht und duftet, überschwänglich, liebevoll und wunderschön.

2.19

Auch in dir muss die allgöttliche Natur zum Ausdruck kommen im Gewind der Zeiten und zu deinem überwältigenden Wohl. Du schaffst dir deine Hände ab und wühlst und rackerst dich von Tag zu Tag durch deine Angelegenheiten und übersiehst dabei das Wesentliche, das dein ewig Heil und deine Kraft, das majestätisches Kontinuum und deine Gottesglorie begründen würde. Du drängelst dich geflissentlich voran und vergissest darob, in die Himmelshöhn zu schauen, wo deiner wahren Heimstatt Würde und die Stätte deines Seelenheils und deiner Wohlfahrt sich erheben. Einmal wird dir vollends klar, wohin dein Wesens Sehnen, Anspruch und Geselligkeit sich wenden muss, um Selbsterkenntnis, Seinsgelassenheit, Glaubwürdigkeit, Glückseligkeit und Herzenswonne zu erlangen.

Du reifst und reifst und bist dir nicht bewusst wozu, bis dir die Seelenaugen aufgehn und dein Blick die ewigen Lande überschaut in seligen Schauern mitten in der Makellosigkeit Elysiens, in die du staunend eingetreten. Es ist an dir, schon jetzt die überirdsche Helle des Bewusstseins anzustreben, die das Übersinnliche erkennt und in ihm seinen Trost und seine preziöse Heimat findet. So trachte denn danach, dein Ich-Sein mit dem Meinen zu vergleichen, um dabei in Einfalt und Entzücken festzustellen, dass es im Unendlichen gesehn genau dasselbe ist in allverständiger Allüre. Eigentlich ist alles, was Ich sagen will, das Eine, dass du Bist Mein Sein und Wirken, Meine Zuversicht und Meiner Seligkeit Befinden. Denn schlussends wird es dir nie gelingen, etwas anderes als Mich zu sein im Mustergültigen, wie im Verschrobenen, im Makellosen, wie im Unansehnlichen, wie Ich es seh. Es ziemt sich dir, so rasch wie möglich Menschengöttliches zu akquirieren und dein wahres Heil zu finden in dem, was da ist ein geistiges Gewitter, wie die rauschende Gewähr für die Gottseligkeit und Wachheit, Wohlbekömmlichkeit und Wonne die ich unbedingt für dich ersonnen.

2.20
Zeichnen mit: "Gottseliger in bester Form und Minne mit dem Allerhöchsten" ist so schön, wenn alles stimmig ist und alle Schleusen offen sind, das Wunderbare zu verbreiten. An Meinem Tisch wird über Weltendinge diskutiert, die Mir wie nichts am Herzen liegen und deren Förderung und Lösung Mir, als Edelste der Pflichten, dringlich ist vor allen anderen Intensionen. Da darf Ich bei dir sicher einen vifen Vorschlag und Gewissensbiss platzieren: Gerade du sollst Mir beim Lösen der gewaltig aufgetürmten Weltprobleme, Postulate, Risiken und

Schuldbekenntnisse behilflich sein. Im Grunde geht's nicht an, dass auch nur einer von dem menschlichen Geblüt die Pflichten, die ihm auferlegt sind, vor sich herschiebt und damit die Edukation des Ganzen hintertreibt. Denn alle, alle sind in einem unermessnen Lernprozess begriffen, der sie durch Jahrhunderte, Jahrtausende des Existierens zur Erkenntnis ihrer selbst und damit auch zur Lösung aller Rätsel führt, die sind in ihrem Sich-Begründen.

Wie kann es anders sein, als dass der Meister aller Meister, nämlich Ich, das im Äonenlauf Geschaffene und bis ins letzte Detail ziselierte, innig liebt und es in seinem Lauf behütet und betreut. Er fordert von den Exponenten seiner Weltgewandtheit Rechenschaft darüber, wie sie seine Güter und Gewinnste, Raritäten und Bedürfnisse verwalten und im Stand der Makellosigkeit erhalten, minutiös, gefällig, gutmütig, dankbar und entschieden.

Um alledem gerecht zu werden, braucht es liebevolle Kämpfer für den Frieden, wie die Einsicht, dass noch jegliches Geschöpf in seiner Unbeholfenheit Vertrauen, Achtung, Schutz, Bewunderung und Förderung verdient, die es zum Guten und zur Seinsvollendung führen. Edelmütig und gewandt, fürsorglich, selbstlos und bewusst muss einer sein, um zu erfüllen, was Ich meine, in des Weltgeschehens Kunst und Kür. Doch gerade dazu will Ich dir verhelfen, ganz mit liebender Geduld. wie mit dem Willen, Harmonie und Ebenbürtigkeit zu generieren.

Mählich spüren sollst du, wie doch aller Welten Lauf sich in der Einheit aller Lebensdinge und Gewalten, als mit Mir verbunden und vermählt, vollzieht. Gerade du sollst dich von Meiner Würde, Meinem Glanz und Meiner Genialität beseelt erfahren. Das soll nun Meine, wie auch deine Absicht sein und das Vertrauen in ein künftiges Gedeihen und Genesen. Deines Glückes Part vollendet sich in Meinem, wenn du einsiehst, welchen Geistes Kind du bist und welche Gotteskräfte in dir liegen. Sei in Mir bewusst und seelenvoll das Pendant Meiner Güte und Gerechtigkeit am Sein und schreite demgemäss dem Heil, dem Licht, der Liebe und der ewigen Gottseligkeit entgegen.

2.21

Liebe gute Seele, nähre dich von dem, was Ich dir nächtens traut und leis besage. Schärfe dein Gehör für Übersinnliches, das sich in dein Gewissen senken will und lass dich von ihm sachte, liebevoll und lauter durch das Leben führen. Gelingt es Mir dein absolutes Seinsvertrauen zu erwecken, gehst du auf in einem Freudenrausch von wunderbarer Süsse, der dich sanft und sicher in die Zukunft schreiten lässt in wonnevollem Selbstgenügen.

Bist du ganz Mein, so Bin Ich deines Seins allliebender Gefährte, der sich dir im Schwur der Einigkeit vollkommen fugenlos verbindet und damit bewirkt, dass du dir haargenau dasselbe Bist, was Ich Mir Bin, im Ich-Gefühl des Allerhöchsten, das Mein Ein und Alles ist in ewigem Ertragen.

Nun sage Mir, ob das nicht heilig helle Herzensfreude generiert in deiner Geistespfründe, als von Meiner Weisheit in dein Sein gelegt und immerzu gepflegt und seidenweich zum Guten angehalten in der Tage Fluss und Ziel.

Aller Sorgen ledig sein, was ist das für ein taubentänzerisch berückendes Gefühl. Du Bist und ohne jede kratzende Verbindlichkeit, die dich gelinde oder gründlich korrumpieren will in deines Seelenseins Befinden. Es ist ein nimmermüdes Rauschen von Bestimmtheit und Gefälligkeit, das dich von Mir durchströmt, wenn du gelernt hast, Meinem Einfluss zu gehorchen und ihm ganz gehörig und ergeben, offen und fidel zu sein in wunderbar geselligem Erwarten. Du nimmst in Trautheit und Verständigkeit, was Ich dir freien Sinns vergebe und entflammst dich zur Begeisterung daran am Sein und Seligsein im himmeljauchzend und bewusst gewordnen Lebensspiel.

2.22

Unter Hausarrest in eigener Regie gestellt, lebst du unwissend, unerlöst dahin, geliebte Seele, allsolange, bis du innig eine bessre Heimat dir ersehnst und Ich dich mit dem Ratschlag reiner Güte und Gerechtigkeit versehen kann, um dir Genesung, Wohlfahrt und gediegnes Heil zu garantieren. Was erzitterst du denn vor der hehren Botschaft, die Ich leichterdings vor dir verbreite, so als wäre ein Zuviel für dich und deine Kenntnis von der Welt darin enthalten. Das wird nun künftig deine Leistung sein, dass du in heldenhafter Fassung und Manier an Meinem Wort Gefallen findest und ihm Taten folgen lässest von bewundernswerter Einsicht und entschiedenem Elan. Es geht darum, dass du inmitten aller Lebenskünste und Querelen Meine Fährte findest und sie rigoros und pausenlos verfolgst; so wird sie dir zum Muss und Muster und zur Regel für dein Weiterkommen, die Ich dir gekonnt und willig offenbare. Was du hier empfindest, ist ein Wesensein von unvergänglicher Brillanz und Stärke, das in siebenfach gesegneter

Verbindung mit den Geistern der Geselligkeit und Schöpferfreude, Daseinsleichtigkeit und Wachheit steht, um von ihnen Wunderdinge zu erfahren. Sie offenbaren dir, dass du, wie sie, ein Sein von unermesslichem Bedeuten bist, das sich in Götterwonne winden darf, wie in der Grazie Elysiens, die Raum und Redlichkeit für himmlisches Entzücken bietet an der neuen Perspektive, die du dir errungen.

Nun ist dir alles licht und klar - und eine sonderliche Ruhe überkommt dich in Bezug auf deine Daseinsqualität und Würde in den Sphären Meiner Gunst und Güte, dir zum Wohlgefallen, Selig- und Gelöstsein, wie zum allerheitersten und hocherhabensten Final.

2.23
Im Glück der Stunde macht sich jeder Augenblick berückend und begeisternd schön. In der All-Gegenwart der Gottheit fühl Ich Mich aufs Trefflichste und Innigste geborgen. Kannst du ermessen, was es heisst, von jeder Sorge frei dem reinen Sein in Anmut und Holdseligkeit, Ergriffenheit und Andacht zu gehören. Gebannt ist aller Werdekräfte Schub, derweil Ich, mit Mir selbst vertraut, glückselig in Mir weile.

Das ist der Sinn des Sinnens über Welt und Wirtschaft, Wohlfahrt, Tradition und Überschwänglichkeit der Zeiten, dass Ich in allem, als im Seinsgewissen, steh und alles Leben von der Warte des All-Höchsten her betrachte. Sieh, wie Er noch jede seiner Schöpfungen mit reinem Sein belebt, begütet, trägt und führt, dass ihnen keine Not und Plage und kein Missgeschick geschehe. So wird es sein, wenn das so liebenswert Betreute nur sich vollends dem ergibt, was seine Stärke, Wohlfahrt, Sicherheit und sein Gedeihen ist in wunderbar gesättigter Manier.

O holde Seligkeit, die sich den Augenblick zur Stätte des Beruhns erwählt in Wonne und Behagen, wie in der Geschwisterschaft mit allem, was da ist und seinsbewusst und heiter seine Kreise zieht in der Holdseligkeit der Himmelssphären. So ist aller Welten Sich-Verkreisen eine Wirklichkeit von namenloser Schöne und ein Hochgebet an das Unendliche, in dem sich höchstes Wohlgefallen und Erhabensein vereint zu einer seligmachenden Synthese aller Wesen, Werte und Begünstigungen, die da sind, im geisterfüllten Numinosen.

Wende dich Mir zu, will Ich dir so bedeuten und versinke in die Unermesslichkeit des Seins im Wunderbaren deiner seinsbedingten Züge.

3

Die Allgegenwart der Gottheit

3.1

Wenn Ich das Allerhöchste Bin, wer kann dann gegen Mich sein? Weder Tod noch Teufel, noch irgendetwas wird je auch nur einen Deut an Mir zu rütteln oder schütteln vermögen. Was immer aus dem reinen Sein, das Ich Mir Bin, hinausspaziert, ist schon von seinem Ursprung abgefallen und gehört nicht mehr sich selber, sondern einer Illusion davon und wird auf jeden Fall vor Mir und Meiner Seinsgerechtigkeit kapitulieren müssen.

So auch du, o Mensch, im Kleide deiner Eigensinnigkeit, wie ihr, ihr abgeschnürten Engelscharen, deren Weisheit schütter ward und deren Pracht den Glanz verloren hat im massiven Aberieren.

Deswegen hat das menschgewordene Gemüt sein göttlich Teil im Selbsterkennen wieder aufzufinden. Das heisst, du weisst nun, was geschehen soll in Meines Zaubergartens Glück und Ränkespiel. Es ist ein magischer Moment, wenn du zum ersten Mal dich deines Seins versiehst, exakt und adäquat in Meinem. Das gleitet in ein festliches Gepränge in der köstlichen Gemeinschaft mit den Seins-verklärten, die im strahlenden Ornat der Unschuld liebevoll im Himmelslichte stehn. Sie feiern die Geburt ins Ewige in freien, seinsbewussten Geisteszügen und erheben sich zu dem der ist, glückselig, völlig unbeschwert und götterlicht geworden.

Generös und väterlich trag Ich dein Neugeborensein ins Buch der Weisheit ein in sonnengoldenem Geschnörkel und ertappe Mich dabei, es, so wie dich, geschmeidig, zart und graziös zu finden. Was willst du liebenswürdiger Gespan noch mehr, als diese ehrenvolle Gunstbezeugung in der langen

Reihe von Begünstigungen, die Ich dir seit eh und je gewähr. Sie alle läuten dir den Herzensfrieden ein, der deinem Sein und Wesen angemessen ist und deiner Wonne Seim begründet jetzt und künftig, kunstvoll, licht und leicht und heiter im unendlichen Allhier.

3.2

Ich Bin das Sprachrohr für die Vielen, die noch unbewusst in Meinem Geisteslichte stehn. Genug jetzt der verbissenen Querelen, die allesamt auf Oberflächlichkeit, Borniertheit, Missgunst oder Stumpfsinn schliessen lassen. Was braucht es denn, um mit dem Dasein weder unzufrieden, noch verfeindet oder von ihm degoutiert zu sein?: Mein Bild in der zerrissnen Seele der Betrübten. Statt an ihrem eignen Trübsinn, sollen ihre Blicke an der freundlichen und tröstlichen Gestimmtheit Meiner Züge hangen; bar jeder Unverfrorenheit sind sie und strahlen Liebe, Güte und Vergeben aus, in der wundervollen Wohlgestimmtheit und Geschlossenheit, die sie verkünden.

Kommst du zu Mir in deinem sonderlich aufmüpfigen Gedankenleben, so bist du bald geheilt und eines Besseren belehrt, indem Mein Einfluss deine Wirrsal so besänftigend, beglückend und erwartungsvoll berührt, dass du nichts anderes vermagst, als dich Mir unvermittelt zuzuwenden und um damit zu erfahren, welche götterlichten Werte Ich dir auserlesen habe. Ist's bei dir der Brauch, wenn's dunkel wird mit Lichtern umzugehn, so kannst du ganz dasselbe auch von Mir erwarten. Immer bau Ich auf und baue auch auf dich und zähle auf dein Wohlverhalten, deine Selbstzucht und devote Dankbarkeit für alles, was Ich dir freimütigen

Sinns vergebe. So kommt Konsens zustande und die Einsicht, dass sich Gleiches Gleichem wunderbarerweis vermählt.

Wie leis verklingende Musik soll sich in deinem Herzen regen, was Ich dir so besage und soll dich inniglich erfreuen mit der strahlenden Bewusstheit, dass du wohlbehütet und getragen bist von Mir und Meinen guten Geistern jetzt und immerzu.

3.3

Munter, munterer denn je und bunter komme Ich an Mich heran im Farbenkreis des Lebens, dem immer Neues, Prächtigers und Majestätischers entspringt in wunderbar geschliffnen Tönen. Ich lade Mich in vielen wachenden Gemütern zur Selbstbesinnung über das Erlebte ein und stärke ihren Glauben an sich selbst, wie auch an Meinen Schutz und Schirm und Meine Herzensgüte über ihnen.

Da geschieht's, dass einigen von ihnen sonnenklar und sternklar die Erkenntnis aufblüht von der Einheit allen Seins, von ganz zuoberst bis zuunterst in der Länge und der Breite allweit, seelenvoll und innig auch in dir. Ich Bin das Sein in unerschütterlicher Qualität und Kompetenz, darfst du dir überglücklich und gewinnend sagen und damit bekunden, dass du felsenfest von dem Unendlichen, das dich durchrieselt, überzeugt bist in der Herzensandacht, die dir eigen. Du gewinnst im selben Masse, wie du dies erkennst, Erkenntnis deiner selbst, sowie des Unermesslichen, das dich begabt mit Liebe, Licht und Frieden, Harmonie und Heiterkeit im Wunder wahrer Gottesgüte, als von Mir gesegnet und gespendet wunderbar.

Mein Herz, was willst du mehr, als dieser Offenbarung Klang und Süsse, Generosität und

Gabenfülle just in deiner Zeit, sowie zu allen Zeiten, denen Ich Mein Siegel, Meine Geistesgunst und Mein Bewusstsein angedeihen lasse, Mir und dir zum Wohl und zur Befriedung, zur Glückseligkeit und Wonne in unendlicher Gewähr

3.4

Einsicht und Ergriffenheit sind Werte, die wir keinenfalls vermissen sollten in des Lebens wunder-lichem Spiel. Du kannst dich noch so tüchtig und erfolgreich, wie ein Fisch durchs Wasser, durch die Tage deines Hierseins winden, solang du deines Eigenwesens Rarität, Potenz und herzergreifende Geschichte nicht erkennst in ihrem wahren Inhalt, bist du nur ein halber Mensch im Reich der Schatten, die vom Himmelslichte nichts verstehn.

Wo ist deine bessere Hälfte, muss Ich klar und füglich fragen? Sie steckt noch unerweckt in dir und harrt der Stunde, wo sie aufwacht ins Bewusstsein ihrer Göttlichkeit, dem Sein verwandt und seinen Gnaden. Es lösen sich die Bande und die Seele fühlt sich frei von jeglichem Behindern, von robusten Ängsten, Kränklichkeiten, Kämpfen um den Sinn von aller Not. Das ist dann die Wohlgefälligkeit in Anmut und Entzücken, die sie sich so lang ersehnte und von der sie nun erfüllt ist in Wahrhaftigkeit und Weisheit, Schönheit des Gewahrens und Erlebens, dem Unendlichen in liebevoller Dankbarkeit und Minne zugetan.

3.5

Greifst du in die Sterne, greifst du Mich mit deinem lodernden Gedankenfeuer, deiner Tatkraft und der

Liebe zum Unendlichen, die dich herzinniglich beseelt. Sprichst du dich aus, so kann Ich mit dir sprechen als der Geist der Wahrheit, der Gerechtigkeit und der begeisternden Ideen, der dich lockt und führt, tangiert und dir gefällig ist in deinem seelenvollen Suchen.

Nun will Ich dir zu wissen geben, dass Mein Geisteshauch dich überfährt in deinem Langen, süss wie ein Sommerabendwindchen, um deiner Seele Nahrung, silberhelle Signatur und Redlichkeit des Ewigen zu sein, womit du Mich als etwas Köstliches und Wohlgefälliges erfährst in deinen Wundern. Ich schicke dir dein eigenes Geschick hinüber, das das Meine ist, wenn du begreifst, wie innig, gütevoll und zart Ich dir verbunden bin im Weltensein wie in der Strahlkraft Meiner Sterne, denen die Bedeutendsten und Würdigsten von Meinen Seinsgefährten zugehören.

Du kannst dich meinen und in seliger Wonne wiegen, wenn du Meinen Anspruch an dich als gerecht empfindest. Denn das bewirkt, dass deine Tage trächtig von glückseligen Gedanken werden, die Ich dir voll Liebe sende und dein Sinnen so den Weiten weihe, deren Ich Mich ungeniert verseh im Wunder Meines All-Gebietens. Mach dich auf und folge Mir in allem Ernste in Gedankenschnelle auf der Fahrt ins All der Welten, deren Zeuge Ich Mir Bin und deren Heimischer du werden sollst in Mir. Begreife doch, wie traut und zärtlich, lieb und licht Ich dich umfange in der Heiterkeit Elysiens, zu dessen Port Ich dich geleite. Dort will Ich dich mit offnem Sinn und Seherblick empfangen als in Meinem Reich der hunderttausend Gnaden und Begünstigungen, die Ich dir väterlich gewähr. Was ist wirkungsvoller und bezaubernder als diese Meine Gaben aus der Höh und aus der Inbrunst

Meines Gottesherzens, um dich aufzuheitern und von Meiner Gunst und Güte feierlich zu überzeugen. Lass es dir angelegen sein, in deiner Weihestunde ganz in Mir zu weilen, damit Ich dir den Strahl der Hoffnung blühen lassen kann nach immerwährender Glückseligkeit im Sang der Zeit, wie im Bewusstsein deines In-Mir-Ruhns und Meinen seelenvollen Gütern.

3.6

Aufs Ganze geht Mein sinnendes Gebet und eruiert in ihm das Lichte wie das Schattenhafte in den abervielen Seinsbezügen, die Ich insgeheim verwalte. Was sich Mir bestätigt, ist das Zielbewusste, das im langgedehnten Strom der Evolutionen vor Mir liegt und Mir bekundet, wieviel Nützliches Ich schon erschaffen, arrangiert, bewegt und gutgeheissen habe.

In Meinem Ratschluss inbegriffen bist auch du in voller Übereinkunft mit dem, was du selber dir zum Gegenstand der Hoffnung und Geselligkeit, des Risikos, wie der Gewissheit auserwählt. Es ist ein grandioses Leiten und Begleiten, Fürbitt Leisten und Erheben, das Ich dir verleih, damit dein Streben fruchtbar sei und Meinem angemessen, bis ins letzte Detail des Vergleichens.

Oft ertappe Ich dich beim Versuch, aus der Gradheit Meiner Züge auszuflippen und dein wahres Wohl damit aufs Spiel zu setzen, recht bedenkenlos. Das wird dann korrigiert mit starken Schicksalspüffen, die dich wieder auf die rechte Bahn und Billigung, Bewusstheit und Beglückung bringen sollen. Dies entspricht der Redlichkeit und Gottesminne Meiner Taten, die nur immer Wohlbekömmlichkeit, Begeisterung, Holdseligkeit

und Heiterkeit verbreiten wollen. Überall, wo Ich
Mein Reich der übersinnlichen Gerechtigkeit entfalte, tritt dir wunderbare Schönheit, Ziseliertheit,
Zärtlichkeit und Himmelsharmonie entgegen, wenn
du nur lauschend ihrem Einfluss dich ergibst und
damit selber selig und bewusst, beglückt und
unverfälscht die Liebenswürdigkeit des Seins
erfährst in wunderbar gesegneten, erhabenen und
lichterfüllten Zügen.

3.7
Kannst du köcheln? Ja. Wird dein Herz für Stunden
leichter und beschwingter, wenn du in der Operette
einen Logenplatz belegst? Keine Frage. Wohl aber
fängt dein überzeugtes Ja zu wanken an, sowie Ich
von dir wissen will, ob deine Seele auch die
gnadenlose Stille aushält, die dir langgedehntes
Einsamsein beschert. Eine Woge warmen Mit-
gefühls von Meiner Seite solltest du darob
verspüren, dass Ich dich ständig und inständig, zart
und rein in Meinem Seinsbewusstsein trage. Darauf
bist du nimmermehr allein und findest an Mir dein
unendliches Genügen.

Überhaupt sind alle deine Pläne und Erfolge wie
Behinderungen und Verzichte unweigerlich, wahrhaftig und gedankenträchtig in Mein Sein gebettet,
als dem Ursprung aller Dinge, Wesen und
Veränderungen im Allhier. Deine Züge sind im
Grund genommen von den Meinen nicht zu unterscheiden und so trage Ich, was immer du erträgst,
in Meiner Inbrunst und Gewissenhaftigkeit dem
Himmel des Gerechtseins liebevoll entgegen.

So ist und wirkt was sein soll, ganz real von Meiner
Wunderkraft belebt und vom All-Sinn durch die Welt
getragen als ein ewig Heil- und Heilendes in allen

Regionen des bewussten Daseins der agierenden Gestalten. Herzensgüte, grandiose Wohlfahrt und Erbauung der Gemüter sind von Mir ein Gunsterweis an Meine Bürgen und sollen für dich sein ein lebenspendendes Idol des Miteinandergehns, wie des Verschmelzens in ein Eins- und Einigsein von wonnevoller Harmonie und unerschöpflichem Begnaden.

Leg dies Liebevolle sachte vor dich hin im tätigen Beschauen und erbaue dich daran, so wie man sich am Edelsten erbaut, das ist und dem der Ruf des Seligseins vorangeht als ein geisterfüllter Hauch und eine seelenvolle Helle im Unendlichen.

3.8
Das klingt so herrlich, was Ich dir im Augenblick des Wonneseins zu deuten habe. Atme auf und nieder im Bewusstsein der vollendeten Mixtur aus Körper, Seele, Geist, die du im Menschensein vertrittst, als von Mir bereitet, wachgerufen und beseelt. Sowie du dir dies Argument bewusst zu Nutze machst, um alle Minderen zu überflügeln, bist du eingeweiht in die bedeutendsten Zusammenhänge, die da sind in der Verfügbarkeit der Gottessphären. Male du dir aus, was für ein Glück es für dein Wesensein bedeutet, dass du Bist und damit Anteil hast am universenweiten Rund und Bund der Welten.

Kein Möchtegern, doch ein begnadeter Vollbringer sollst du werden, der das Oben, wie das Unten, registriert als dieselbe Stätte steten Wirkens für das Weltenwohl. Ich Bin in ihm verhaftet, ebenso wie du, bis in die kühnsten Operationen, die von blossen Wortgewittern bis zu den gewaltigsten Eruptionen gehn. Dabei sind selbstverständlich auch die feinsten Regungen, Bewegungen und Übergänge zu beachten, die von einer Wohlgestimmtheit oder Schalheit des Gewissens zu der anderen führen. In der Mitte Meiner selbst jedoch Bin Ich für alle Zeiten heiter und gelöst, goldschimmernden Gemüts und steh in wacher Andacht vor Mir selbst und Meinen sakrosankten Trieben.

Tust du's Mir gleich, so kann dir nichts Verderbliches geschehn. derweil du in dir ruhst als Meines Vorbilds Zeichen in der blütenreinen Wonne der Gerechten wunderbar.

3.9

Ob's dezent im Jahrestakt geschehe oder längelang geduldig im Äonenschritt dahin, immer ist es Meiner Pläne schicksalsschwer gewordenes Entrollen, das Gewaltiges errichtet und gering Gewordnes stürzt in sagenhaft geschmeidigem Erbeben. So walle Ich und wirke, laboriere und lustwandle durch Mein Seins Geschäftigkeit und Arrangieren, ohne je klein beizugeben oder die geblähten Segel Meiner Zielfahrt ins Unendliche nur um ein Winziges zu streichen, auf und ab und her und hin.

Myriaden hab Ich schon für Mich gewonnen und aberviele werden es noch sein, die Ich allesamt zum Heil und Hochgewinne Meines Mich-Verflutens führe.

Siehst du deine Eigenheit darin in Mir, so nehmen deine Pfade allgemach den Nimbus Meiner Seinsgesetze an und gleiten unerschütterlich und weisheitsvoll durchs Taggeschehn dahin in selbstbewusstem Sich-Erfüllen als Mein Liebens, Lächelns und Beglückens Los.

Begreifst du, dass da nimmer aufhört, was so sehr und fabelhaft in Schwung gekommen. Siehst du ein, dass eine geniale Wunderkraft sich alleweil in dir entfalten will in hunderttausend Variationen. Ich ermüde nie, weil Meine Energie sich aus Gedankenkraft und Unerschöpflichkeit, Vielfältigkeit und seligem Beglücken generiert für Zeiten und bedeutungsvolle Ewigkeiten, konsequent und liebvoll, selbstbewusst und sicher vor Mich hin. Ist es nicht ein Leichtes, deine Würde zu bewahren, wenn du dich in Meiner eingebettet und behütet weisst in weisem Kombinieren? Muss es nicht in deiner Absicht liegen, so wie Ich zu senden und empfangen, Kapitales zu erfüllen und dabei forever in dir selbst aufs Attraktivste, Traulichste und Wohlbekömmlichste zu ruhn. Das ist die Gilde der allgöttlich seinsgewiss Gewordenen, die wacht und webt und wütet und in liebevoller Weise hegt, was ihrem Sinn entsprang und ihrem Sein entspricht. Wie sehr? So sehr, dass sie sich vollends ihrem All vergeben und dabei das Hochgefühl des Einen nie verlieren, das sie sind und das sich immerzu in der Holdseligkeit Elysiens vollzieht in wunderbar gesittetem Erwarten.

3.10
Aus eins mach zwei, aus zwei mach vier, aus vier mach acht befahl Ich Meinen gütestrahlenden Gedankengängen und es ward das Vielerlei aus einem, das genial Verzweigte in der Welten Sinnkreis und Talar. Meinem Sein entsprang der Wille, Mich in wunderbar gesegneten Ranküren an Mir selbst emporzuwinden zu gesteigerter Bewusstheit, neu errungnen Werten und verblüffenden Gestaltungen in einer Fülle ohnegleichen, die Meine kraftgebornen Schwingen in All-Weiten tragen ohne Rast und Wiederkehr. In ihnen Bin Ich, was Ich Bin, ein sakrosanktes Rauschen der Gefälligkeit am

Sosein ohne jeden Makel, Mangel oder Zwist in Fernen, die kein Auge überschaut und in gedankenschweren Geistesabergründen, deren lichtdurchschossne Klarheit von Begeisterung trieft am Sein und Leben in der Wirklichkeit der überragenden, allgöttlichen Natur.

So ist, was immer ist, Mein liebestrahlender Gedanke, Bist auch du das gloriose Abbild Meiner Signatur im werterhaltenden Kalkül von Meinen allgewaltigen Gnaden.

Was Ich dich lehre, ist bewusstes Aneinanderreihen von Gedanken, die aufs Ganze gehn und Meinen Kosmos in dein Sinnen fahren lassen, dass es ihn umfange und durchdringe mit der Konsequenz der allerfüllenden Präsenz, die Ich in deinem Seinsbewusstsein generiere. In ihm erkennst du dich und Mich als eine Einheit namenloser Sinnkraft, Tatenfülle und Prosperität, die Freuden schafft und friedevolles Walten in der Kunst des Miteinandergehns und Sich-aufs-Trefflichste- Begreifens.

Daraus entspringt ein tatenfrohes In-sich-selber-Ruhn der lebenspendenden Akteure wie des Urgrunds aller Gründe, der Ich Bin in dir und allem und aus dessen Weistum, Schönheit, Seinsgelassenheit, Unsterblichkeit und Zartheit wundervolle Blüten schlagen.

So bin Ich numinos und seelenvoll das Lumen der Allherrlichkeit, gespalten und vereint zugleich in einem unwahrscheinlichen Triumph der Vatergüte, deren Zauber alles ist und meint und sich verströmt in Milde und Beharrlichkeit ins Überall der gottgeweihten und von Ihr begnadeten glückseligen Gemüter.

3.11

Nichts mag dir so geläufig sein, wie "Herr und Ich" oder eine andre Redeform, wo immer du dich aufhälst und bei allem, was du willst und tust, inmitten Meines allbewussten Seins und Recherchierens. Da gibt es kein Entrinnen vor der Sicherheit, mit der Ich die Gedankenläufe, die du pflegst, verfolge bis zum allerletzten Winkelchen, in das du dich verkriechen möchtest. All so ist Mir der Gang der Welt in jedem Wesen, das Ich Bin, bekannt und offenbar.

Somit gilt es für dich, jederzeit dafür zu sorgen, dass dein Denken lauter, redlich und vor Meinem Blicke angenehm erscheint, indem es vollbewusst einhergeht in der Unbestechlichkeit des Seins und seiner Gotteswürde am Geschehn.

Erkennst du dies, so kollern warme Freudentränen über deine Wangen, denn du siehst dich im Vereintsein mit Mir stark und seelensicher durch die Zeitenlosigkeit geführt, in der Ich Bin und webe. Immerzu lass Ich dabei die Seinsgesetze walten, die da sind: Geschmeidigkeit im Denken zeugt Geschmeidigkeit im Tun, konkret vor dir Gesehenes bewirkt unweigerlich dasselbe in der Wirklichkeit, die dich betrifft in Meinem Sinnspruch und Regieren.

Nun wende dich Mir zu mit deiner Herzenswünsche Zahl und du wirst allsogleich von Mir den Segensspruch dazu erhalten. Doch lass es dir gelegen sein, nur Gottgefälliges zu wollen und dann auch zu tun unter Meiner schützenden Ägide, Wappnung und Lasur. Denn alles, was du willst in Meinem Namen, ist der All-Gewalt von Gottes Herrlichkeit anheimgegeben und versieht dich mit der Makellosigkeit des Himmels, der dich hell und lichtvoll überschwebt. Tauglich ist, was Meinem

Sinn und Sanktuarium entspricht, seinsbeförderlich, was seine Ruhe und Gewissheit, Wonne und Beseligung in Mir erfährt, die ihm auch gebührt nach so viel sehnlichem Verlangen.

3.12

Das Geniale säugt sich an den eignen Brüsten und wird auf diese Weise genialisch gross. Hast du Lust auf diese Art in Fahrt zu kommen, so treib dich nur getrost in Meiner satten Nähe um und lass dir von Mir rechte Gunst erweisen. Werde Mir von Herzen froh ob all dem Wohlverständigen, das du gewinnst aus Meiner Wirksamkeit und wunderwirkenden Allüre. Ich steh dir bei, wo immer es Mir angemessen scheint, aus Meiner Weltensicht gesehn und lasse dich von Mir aus niemals im Verhängnisvollen schmoren.

Du bist Mir lieb und gut in allen deinen noch so operettenhaften Operationen und stellst dich Mir als Meinesgleichen dar, sowie du tiefbegründeten Vertrauens Meiner Wege Kunst und Klasse, Kleinod und Manierlichkeit begehst. Ich überzeuge dich davon, dass alles, was dich überkommt von Meiner Seite, edel ist und lauter, beispiellos befruchtend und beständig höhwärts führend in der Redlichkeit, die dir das Sein vermittelt und gewährt.

Erschaue dich so nah beim Numinosen als der Herold, Held und Hüter der Geschichte wahren Weltverstehns und lange darin, zielbewusst und geistig wach geworden, nach den Sternen. Denn ihres Sich-Verstrahlens Wert und Wille, Tugend und Wahrhaftigkeit soll ungesäumt auch dich erreichen, Schwung gewährend, Antrieb und Besonnenheit in deinen Gütern und der Gutheit, die Ich dir bescher.

Fühlst du dich von Mir bereichert und beglückt, kann dir im Leben nichts Verwerfliches, Zerstörerisches und Missratnes mehr geschehn. Dich trifft kein Mangel und Malheur, denn Meine Schutzgebärde ist vollkommen über dir und deinem Hause, als vom Allerhöchsten ausgegeben und verbindlich wieder zu Mir heimgeführt.

Erkenne, dass du Bist, von Meiner Schöpferglut befallen und in die Hallen Meines Reichtums eingelassen, dass es dir gelinge, Meiner Generosität und Genialität Genosse und Kaprize, Würdiger und Strahlender zu sein in wunderbar bereinigten, beredten und beglückten Massen.

Einer Weltenwohltat gleich gehst du einher, sowie du Meiner Sache ganz gewiss und würdig bist geworden. Statt vertrieben wirst du dann gesucht und statt verachtet, angehimmelt werden. Denn den Tüchtigen von Meiner Art gewähre Ich Bewunderung von Seiten der allmenschlichen Gemüter, die dich staunend und galant umstehn.

Denn dein Mass ist Gottesmass geworden, ohne jede Tücke und Gefahr und bedeutet Sicherheit und Seinsglückseligkeit für alle, die ihm gläubig und gewissenhaft, vertrauend und geduldig folgen.

Das ist nun Meine Lehre und Mein wundertätiges In-dir-Beruhn, von dem du heiter wirst, gelassen und gestählt in unergründlicher Manier, geprägt von der Unendlichkeit und Liebenswürdigkeit der Himmelssphären.

3.13
Markant und meisterhaft regiere Ich Mein Reich der Grenzenlosigkeit im Pläneschmieden - und Der-Wirklichkeit-Vermachen, zielbewusst und feierlich im Dom der Zeit, den Ich ins Geisteslicht erhoben.

Allweiten sind Mir nah, sowie Ich ihre Sternenpracht versinne, auserlesne Güte lass Ich in ihr Soseins Fülle und Erhabenheit, Gewandtheit und Rendite fahren. Meine Absicht und Mein Walten sind in allem grandios und liebevoll zugleich, derweil noch die bescheidenste und unbedeutendste Partie, mit der Ich Mich vermähle, Meines Segens und Erhaltens, Achtens und Erziehns gewiss sein kann im Zuge Meiner götterlichten Operationen.

Ich lasse Geisteswasser auf die Räder Meiner Treuen fahren und fasse Mich in genialer Kürze, wo Mindere noch fassungslos und unbeholfen vor dem rechten Ratschluss stehn. Ich hülle Mich in Schweigen, wo die vorwärtsdrängenden Gemüter ihren Anspruch noch zerreden und in jedem neuen Arrangement nur lauernde Probleme vor sich sehn.

Wertlos sind die schönsten Träume allsolange, wie sie nicht verwertet und verwirklicht werden. Trage du die Deinen voll Vertrauen Meiner Wohlgefälligkeit entgegen und Ich will sie dir in holder Anmut und Gewissenhaftigkeit ins Wirkliche erheben.

Ich will, dass du in Mir den herzensguten Sponsor und Gebieter, liebeszarten Freudenspender und Verteidiger gewahrst, von dem du das empfängst, was Ich Mir selber wünsche und was wahre Wonne wirkt in deinen Wesenszügen.

Mache dir nichts vor und lass die Sache bleiben, von der du nichts verstehst, es sei denn, du vergibst sie Mir und Meinem Allsinn, der sie in die rechten Bahnen führt, wie zur Vollendung ihrer selbst im Unergründlichen. Ich steh auf alles, was dir trefflich ansteht und verleihe dir den Ehrenpreis in allen Disziplinen, denen du mit Einsatz, Phantasie und Wohlgewissen frönst.

So stehst und gehst du mit Mir durch die Zeiten und gewinnst mit Mir, wo andere ihr letztes Scherflein noch verlieren. Lass dir jede Wette hoch genug sein auf was Ich dir Bin in wunderbar beseligendem Seinsgenügen.

3.14

"Ich gehe langsam aus der Welt hinaus, in eine Landschaft jenseits aller Ferne"; was bedeutet diese wundervolle Anfangszeile in einem Gedicht von Hans Sahl, an der man sich nie genug erbauen und begeistern kann? Hier spricht sich das höhere, allgemeine Ich im Menschen aus, das haushoch über seinem kleinen, personalen Ich steht und welches des Menschen wahres göttlich-geistiges Wesen langsam aus dieser Welt hinausführt in eine "Landschaft jenseits aller Ferne", das heisst, in das Bewusstsein seiner Geistigkeit, in der es künftig wirken soll und leben.

Dieses Langsam-aus-dieser-Welt-Hinausgehen ist also ein Erkenntnisvorgang, der uns eine erweiterte Ansicht von uns selbst beschert, sei es, dass wir sie schon in diesem materiellen Leben erringen, sei es, dass sie uns unmittelbar nach dem sogenannten Tode aufblüht, womit uns klar wird, dass wir ja frischfröhlich weiter sind und leben.

Das geheimnisvolle höhere Ich im Menschen begleitet ihn wie ein guter, ja sein bester Freund durchs ganze Leben. Es mahnt ihn unaufhörlich, das zu tun, was gut ist und das zu lassen, was ihm schadet. Zudem gibt es ihm Gelegenheit, zu sich "Ich Bin" zu sagen und damit auszudrücken, dass es eben zeitlos ist, im "ewigen Augenblick" sich findend.

Im Grund genommen ist der Tod das Heilsamste, was es nur immer geben kann, denn er macht uns bewusst, dass wir als Geistwesen völlig unbeeinflusst vom körperlichen Zustand immer weiter existieren.

Diese hervorragende Erkenntnis müssen wir uns immer wieder vor Augen halten, bis sie in unserem Bewusstsein fest verankert ist und uns hilft, die Furcht vor dem leiblichen Tode vollkommen zu überwinden.

Von der Warte des höheren Bewusstseins aus, erscheint uns das jetzige leiblich-materielle Leben als eine Täuschung gegenüber dem "Leben im Geiste", dem jeder Mensch langsam aber sicher entgegengeht.

Durch das tägliche Meditieren solcher Erkenntnisse kann er diesen Gang zur Gotteswelt wesentlich beschleunigen. Doch ob er das tun will, ist seiner eigenen freien Neigung und Entscheidung überlassen.

In Tat und Wahrheit besteht ein grandioses Hin und Her zwischen dem Diesseits und dem Jenseits, das lediglich in einem Wechsel zwischen einem höheren und einem niedrigeren Bewusstseinszustand besteht, den wir in Wachheit und geduldigem Üben selbst bestimmen können. Im Stande höheren Bewusstseins wissen wir, dass wir das Sein sind, von dem alles, was da ist, ausgeht und zu dem es wieder heimkehrt, um sich dort in einem unbegrenzten Zustand ewiger Glückseligkeit und Heiterkeit zu befinden.

Das ist allen Menschenseins Bedeutung, Sinn und Ziel und macht es lebenswert und gibt ihm Qualität, Beständigkeit und liebevolles Sich-im-All-der-Welten-Wiederfinden in holdseligem Sich-Bewähren.

75

3.15

In Lauterkeit und Liebe trete Ich aus Mir hervor und überwalte, was Ich darin Bin, in grandios genialen Zügen. Welt und Sein sind Mir genau dieselbe wunderbar geschmeidige Substanz, in der Ich Mich geflissentlich und wissentlich voll Grazie bewege. Ich halte in Mir selber niemals an, weil Mich sowohl der Fluss der Zeit, wie auch die Geistesruhe gleichermassen faszinieren. Unbändig ist Mein Schöpferdrang, der sich im Willen, Schönheit zu gebären, äussert und der allen Plänen, Phantasien und Begeisterungen Wirklichkeit verleihen will in meisterlich geschmeidiger Allüre.

Die bedeutenden Gestalter schöpfen aus der Fülle allen Seins und tragen sich auf diese Weise in das Buch der Weisheit ein, in dem die Seinsverständigen verzeichnet sind für alle Zeiten. Schlägst du dich einst zu ihnen, gehörst du unfehlbar zu Mir, dem alles überragenden Gebieter, Retter und Gespan.

So klein die Menschen sind in ihrem leiblichen Erscheinen, so gross sind sie, indem sie sich als Meines Seins Gesandte und Gefährten hellen Sinns erkennen und dabei das Grandiose wie Geringe in derselben Einheit vor sich sehn.

Das ist es, was Ich allen wachenden Gemütern zur Besinnung vor die Geistesaugen lege und sie voll Zartheit und Bescheidenheit dazu ermuntere, es Mir in allem gleichzutun und dabei in sich selbst, glückselig und gestillt, zu ruhn in namenlos geheimnisvollem Schweigen.

3.16

Weltgewandtheit und Entschiedenheit in Meiner Hemisphäre zu erlangen, sei dein unerschütterlicher Wille in des Menschseins Rarität, Bewegtheit, Richt und Ziel. Nun schau dir auf die Finger, dass sie haargenau in Meinem Sinne allen Wesen Dienstbarkeit erweisen mit Gewandtheit, Auserlesenheit und Stil. Deine Machart sei der Meinen so verbunden, dass sie nicht zu unterscheiden ist von dem, was Ich tagein, tagaus voll Inbrunst inszeniere. Die Gewissheit mag dich wunderbarerweis beseelen, dass noch jedes gute Omen, das du fein und rein in dir empfindest, eine Botschaft ist von Mir und Meinem Anhang in den Himmelssphären. Glücklich sind, die in des Seins Erhabenheit, Talent und Wohllaut, Meines Wirkens Mass und Minne sehn. Es trifft sich gut, dass Mir die Herzgeliebten Meiner Tage Anlass sind zu wundervollen Liebestaten, die sie selig machen und bewusst im Banne ihrer Gottnatur.

Lobesam und licht und leistungsfähig ist Mein Bei-dir-Bleiben und in diesem Sinne darfst du durch dein Leben froh und heiter, sicher und befriedet fürbass gehn.

3.17
Belcanto nennt sich, was Ich dauernd und gekonnt, begeistert und voll Grazie bei Mir pflege. Zur Lust daran send Ich den Klang der Lieblichkeit, der ihm entströmt, in alle Weiten Meines Seins und sakrosankten Sagens. Im Glutstrom der Beständigkeit geläutert sind die Melodien, denen Ich des Wohllauts Kraft verleih, sowie den Hauch der Göttlichkeit, der allem, was Ich Bin, entspringt und sich vermehrt und sich beehrt aufs Allerzärtlichste von Mir zu zeugen.

Weltenbummler will Ich sein im Sinn des graziösen Musikantentums, das stets geneigt ist, seine

Spielerei zur Freude derer zu verbreiten, die im Stand der Hoffnung sind auf ein Bezauberndes, das sie beleben und bewegen soll.

Was immer dich erfreut und labt und guten Mutes werden lässt, will Ich dir gern gewähren, damit dein Leben sich dem Sinn vermählt, den Ich ihm ständig, licht und solitär vergebe. So beginnst du dort, wo Ich bereits Mein Ende und Befrieden, Meine Überschwänglichkeit und Meisterschaft gefunden habe. Nie hoch genug kannst du dir, was von Mir kommt, vor die Augen halten. Denn es ist ein Preziosum sonder Güte und ein wahrhaft würdiger Talar für was du Bist in deiner Unbescholtenheit und Wachheit vor des Gottes sonnenstrahlendem Azur.

Gelobe Mir, gerade alles, was du von Mir weisst, im besten Sinn in höchsten Ehren zu erhalten und mit ihm dein Dasein zu gestalten als ein würdiges Gesetz für bessere Zeiten und Gelegenheiten, integral, gottselig und bewusst zu sein in Meinen blütenreinen Regionen.

4

Pracht der Seinserhabenheit

4.1

Synonym für Gott ist: Gut und gnädig, überall und unverwüstlich, grandios, bedächtig und final. Wenn einer alle Werte für sich hat, so ist ihm keiner mehr hinzuzugeben. Nimmst du hinweg, was du Mir unterschoben hast, so Bin Ich reines Sein, wunderbar im Wesen Meiner selbst: lichterloh gesättigt, integral. Da gibt es weder Trug noch Seufzen, Bocken, Rocken oder Niedertracht der Geister. Mein Befinden ist nichts anderes als allerstrahlende Glückseligkeit und Wonne in der Wirklichkeit und Wohlfahrt Meines Daseins, wie des absoluten Schweigens himmlischem Idol. Ich Bin und ströme wissend, warm und innig Wohlgefallen Meines All-Sinns in die Pracht der Seinserhabenheit, die Ich erreicht und in der Grazie der Zeitenlosigkeit um Mich gebreitet habe. Hell und lauter, redlich und konstant ist Meines Mich-Befindens Strategie in geisterfüllter Minne, die Bewusstheit zeitigt, liebevolle Zartheit der Gefühle, wie gedankenloses Kennen und Erfahren Meines Soseins in unendlich anmutsvoller Schöne. Nichts und niemand hindert Mich daran, in des Elysiums vortrefflichem Gewinde zu verweilen und in Mir das Ganze Meines immerwährenden Beschauens, Heiterseins und Seelenglücks zu sehn.

4.2

Traditionen sind beständige Versucher zur Behäbigkeit und zum markanten Schlendrian auf eingefahrenen Geleisen. Dir aber diene die Dynamik des bewussten Repetierens zu konstantem Vorwärtsschreiten auf der auserwählten Bahn.

Was du in unerschütterlichem Üben dir erringst, ist eines höheren Menschseins Zierde und Idol, an dem sich viele Wankelmütige erbauen und begeistern mögen. Für dich bedeutet Höhwärtsschreiten in beständiger Manier dem Leben Sinn und Saft, Bewusstheit, Mark und Wohlgestimmtheit zu verleihen.

Das will ein versiertes, blütenreines Ja zu einer Handlung, die Bestimmtheit, Tatendrang und Verve verlangt. Desgleichen muss ein striktes Nein zur rechten Zeit den Könner vor dem Abglitt ins blamabel Unbotmässige bewahren.

Dein Geschick wird wesentlich und unfehlbar von deinen eignen Grillen definiert und unverblümt ins Künftige getragen. Mach dich frisch und frei und fromm in dieser Hinsicht, will Ich dir in aller Form und ständig ins geschmeidige Gewissen sagen. Was du immer unternimmst, ist eben auch von Meiner Sinnkraft, Unerbittlichkeit, Voraussicht und Geduld geprägt, die ihresgleichen suchen.

Darum mach es dir zur Pflicht, Mein Wort in deinem Innesein gehörig zu erlauschen, um dein Weltbild und Gelüste danach aufzubauen als Gesegneter der Gotteswahl. All so steh Ich an der ersten Stelle deines Fabulierens und halte dich auf Kurs in Meine Gründe und galanten Abenteuer an der Menschheit Perlenwert und Los.

Schaffst du es, dem Duktus und Getriebe Meines Weistums treu zu bleiben, gleitest du allmählich ins Bewusstsein deiner selbst, als Mich, in geistgefüttertem Ornat und unter warm gefühlten Freudentränen. Das ist dann die Erfüllung eines Menschseins in allgöttlich ausgefächerten Dimensionen, die dich unsterblich, weise und glückselig machen, vordergründig, hintergründig, geistvoll, genial.

Damit endet die Geschichte von des Seins Wahrhaftigkeit und Harmonie, Errungenschaft und

Stil in namenlos gefälliger und unverbrüchlicher Allüre.

4.3

Ich halte Zwiesprach mit Mir selbst im Abergründigen und trachte danach, Meines Seins Betrieb, Gelüst und Wirksamkeit gebührend zu erforschen, um herauszufinden, was Ich Bin, mit allem Glitzerwerk, Geschmeide, Konvolut von Traditionen, Sensibilitäten, Iterationen und Geschmeidigkeiten. Ausserdem, gerade, was das Sein betrifft, entstehen viele Märchen, Unklarheiten und Gerüchte in den menschlichen Gemütern, die nach Klärung lechzen, somnambuler Sicherheit und Wohlfahrt im Allhier. Richtungweisend sei dir immer, was von Meiner Warte zu dir niederrieselt und dich davon überzeugt, dass Ich dir der Gerechte Bin, auf den du zählen kannst, beherzt voraus und kreuz und quer.

Feiere du den Aufstieg in die höchsten Höhn, von Mir bereitet und vor deinem Sinnen offenbart im Glück der Stunde, das Ich dir geflissentlich gewähr. Nun sieh du zu, dass dir Mein Wort und Meine Tugend nie entgleiten in der Wirrnis des alltäglichen Geschehns, damit du in Mir bleibst, der Ich gewiss dein allerwürdigster Gefährte bin.

Empfänger Meines liebevollen Drängens sollst du sein und Anhang Meiner Güte, dass deine Augensterne davon strahlen und dein Herz in Freudensprüngen sich ergeht. All dein Hoffen ist erfüllt in Meinem Equilibrium der Zeiten, wie im unerschütterlichen Vorwärtsgleiten, neuen Seligkeiten und Geheimnissen, Erfahrungen und wonnevollen Herrlichkeiten zu.

4.4

National wie international beschäftigte Gemüter sind gehalten, ganz ernsthaft und zuallererst das Wohl des ganzen, blühenden Planeten liebevoll im Auge zu behalten. Denn aus Meiner Sicht und Meinem schöpferwürdigen Gehaben gehören alle Dinge der Natur, wie der allmenschlichen Domäne, unweigerlich zusammen und unterstehn derselben götterlichten Strategie, die auch den Sternenraum verwaltet, wie die Unergründlichkeit der Göttersphären.

Den Menschenvölkern ist von Mir bestimmt, in der Bewusstheit ihrer selbst zu wachsen, bis hinauf zur Gotterkenntnis, die in ihnen west und sie zur Toleranz, zur Friedefertigkeit und zur gemeinschaftlichen Lösung aller Weltprobleme animiert. Ein jeder Fürst und König und ein jeder Untertan muss sein Verhalten nach der inneren Schau der Dinge und Gewalten richten, die da sind von Mir ein Zeichen der Beständigkeit, des Wohlgewissens und der Sinnkraft, als von Mir gegeben und geführt in wunderbar harmonischem Geflüster allweit um Mich her.

All so soll es dir das dringenste Bedürfnis sein, die Einheit zwischen dir und Mir und allen Weltendingen zu erkennen und damit ins Gotteswesen vorzustossen, das in allem gegenwärtig ist und west und wirkt und wächst und wirbelt, unerschütterlich loyal.

Meine Sternensprache sollst du lernen, denn sie ist das unvergleichliche Idol der guten Gaben, die von Mir und Meinem Sanktuarium ins Weltall strömen.

4.5

Inhuman scheint dir das Unwägbare, Unerforschliche zu sein, derweil Ich doch aus ihm das Allermenschlichste und Seelenvollste generiere. Alles kommt von oben, kommt vom Ausserirdischen, was dich betrifft und deine Bodenständigkeit im Erdenrund und seinen Gütern. Denn ungleich mehr als du weiss Ich genau, von welchen Wundern und Geschicklichkeiten, Seinsideen und Gestaltungen Ich rede. Was immer Mir gehört, ist auch der Ausfluss Meiner Phantasie und Meiner Siegestaten, läppert sich aus dem zusammen, was Ich will und was Mir einfällt, in die Form der Gegenständlichkeit und Augenfälligkeit zu giessen. Nun scheinst du da zu sein und Ich sei dort in reiner Geistigkeit und Gotteswürde, Selbstverständlichkeit und Bonität. Dabei Bin Ich Mir äusserst klar darüber, dass nur eine einzige und allumfassende vom Sein begabte Welt besteht aus reiner Absicht und in Meinem Mich-in-allem-was-da-ist-aufs-Trefflichste-Begreifen.

Was ist, muss demnach Meine Fähigkeit beweisen, alles was Ich Bin in unzählbare Wesen und Bezirke zu verwandeln, die Ich bestens überschaue, währenddem du dich in deinen Eigenheiten selbstgefällig und konstant gefangen hältst und am Ende keinen Ausweg findst aus der verfahrnen Situation.

Nun aber will Ich, dass du einsiehst, wessen Vaters Kind und Kindeskind du bist durch aberviele Generationen, Inkarnationen und gedeihliche Beförderungen, die Ich dir seit eh und je gewährte. Da ist es wahrhaft klug von dir, an eine Höhenmacht zu glauben, die es gut mit dir und deinem Anhang meint und dir die Option und Gnade schenkt, dich als das Seiende und makellos Gefällige zu wissen, das Ich Bin und das du Bist im innersten Bezug und in der absoluten Einheit allen Seins und allen Werdens.

So endet die verheissungsvolle und gediegene Geschichte, wie sie auch begann, mit einem Hurra auf die Sagenhaftigkeit des Seins und seine immanente Güte, glorios, allweise und gerecht, der unvergänglichen Glückseligkeit entgegen.

4.6

Himmelvater, Ewig-Heil und Liquidator allen Sorgens sollst du Mich nennen in deiner Seele seligem Revier, sollst unaufhörlich nach Mir rennen auf dem ereignisvollen Weg zu Meiner Tür. Ich suche Dich, wie nichts, in meinen Runden, sollst du dir sagen tausendmal am Tag und bist derweil schon inniglich mit Mir verbunden, wie Ich es ausgesprochen mag. Denn deine wundersamen Züge sind als die Meinen wohlbewahrt in immerwährender Genüge, auf deiner sehnsuchtsvollen Erdenfahrt.

Wem gehört die Welt, will Ich dich fragen? Mir allein mit allem Drum und Dran, mit ihren Lichtgeraden und den unermessnen Kreisen, die die Himmelskörper munter um sich ziehn. Um Mich Mir selber zu beweisen, Bin Ich Geistregent, Kreator und gewissenhafter Förderer der Weltendinge, die Ich prächtig, mächtig Mir erschuf. Formung, Lenkung, sittliches Erwägen und unendliches Begüten aller Wesen, die da sind, ist Meines Wunderwirkens alldurchdringende Allüre. Dann ist es auch Gewähr für Kontinuität und seinserhabene Gedanken, die myriadenfach im All der Weiten zirkulieren. Was ist so zauberhaft und zärtlich, graziös und virulent an ihnen, dass sie immerzu

Veränderungen und Erwiderungen schaffen in den menschlichen Gemütern gleicherweise, wie im gloriosen Geisterheer? Es ist ein glänzend Wogen und ein Lichterstrahlen, ein bewusstes Kraftverströmen und Erfassen überall von Pol zu Pol, von Horizont zu Horizont bis zu den sternenübersäten Fernen. Allweise ist darin das Sein begründet und getan, in allen Weltenwesen allerliebst erfahren und in Tätigkeit verwandelt, evolutionenträchtig, genial.

Da Bin Ich mittendrin, darfst du dir sagen und nehme teil am grossen Werden und Verschwinden, Auferstehn und Niedersinken in begeisternder Manier. Gottesgründe halten dich und führen dich im All spazieren. Dein Bewusstsein ist an nichts gebunden und vermag in absoluter Freiheit sich allüberall zu etablieren, wo es ihm gefällig ist, in Minne zu verweilen und vergehn.

Denk darüber nach und sei und sei glückselig bei dem sprossenden Erkennen, dass du Bist und dass dich nichts verjagen kann vom Schauplatz des erhabnen Weltgeschehns, das deinem steten Einfluss unterliegt in gottgesegnetem, glückseligem Gebaren

4.7
Übst du Nachsicht jenen gegenüber, die ihr Heil und ihren Weg noch nicht in Mir gefunden haben? Die Evolution lehrt dich, auf das, was für dich gut ist, Acht zu geben und was desolat und kindisch ist, zu meiden. Wohlgefälligkeit am Sein und Leben ist das Ziel für Meine Bürgen; Lauterkeit und Liebe, was sich ziemt in Meinen Gauen der unendlichen Geschicklichkeit und Gottestreue auf des wahren Daseins Rosenspur. Nimms für gut, gerecht und schön, wenn Ich dir sage, du sollst ständig für das

Wohlgemessne kämpfen und vor nichts und niemand Furcht empfinden in der Einigkeit mit Mir und Meinen wohlbegründeten Gesetzen.

Nicht den Schimmer eines Zweifels an der grandiosen Unerbittlichkeit und Tatkraft Meiner Züge sollst du in dir pflegen, derweil du unter Meinem schützenden Gefieder unbehelligt und galant einhergehst, bald auf immergrünen Matten, bald auf lichterfüllten Höhenzügen in des Geisteslebens märchenhaftem Ritual. Das Bewusstsein von dir selber führt dich dorthin, wo du immer willst und somit ist es eine Wohltat ohnegleichen, wenn du Mich zum Ziel und Ende deiner Wünsche wählst. Siehe doch, welch sagenhaftes Sein du in der eignen Mitte findest, wenn du Mich in dir berührst in deinem Langen. Segensströme werden dich durchrieseln als von Mir bereitet und gespendet auf den Höhen des Entzückens, die dir alleweil beschieden sind von Meiner Gutheit und Bravour.

Wache auf in Mir und weide dich am süssen Lichte des Verklärens, das dich liebevoll beseelt und dein Begleiter ist durchs Weltensein in fabelhaft glückseligen Gezeiten.

4.8
Schau, Ich schaue was du Bist und wil l es dir auch sagen: Mich mit allem Reichtum des Gewissens, dass Ich Bin der ausserordentlich geschniegelte, vor dir versiegelte Gewinner zahlenloser Heldentaten, die da sind und sind ein Wunderwerk von Mir.

Ich lasse Meine Flügel nicht in Tatenlosigkeit verdorren, aber schwenke sie und lenke nach dem Mass der eigenwilligen Behutsamkeit, die Meine Stärke ist und Mein gerissenes Idol.

Traust du dir zu, nach Meinem Vorbild und Verdikt zu handeln, verleih Ich dir die Macht, vollkommen unerschütterlich und wirkungsvoll, getrost und tapfer über dich und deine Angelegenheiten zu verfügen. Graziös und gütig, genial und glückverströmend sollen deine Gesten sein im Aufbau deiner seinslebendigen und wesenhaften Werke im Allhier. Es sind die Meinen, wenn du's recht verstehst, in Meinem Sinn und Segen, Blut und Gut, Erfordernis und Richtwert zu agieren. Lass dir von Mir gesagt sein, dass noch alle deine Taten Meiner Würde, Patenschaft und Virulenz entsprechen müssen, bis Ich dich als Hüter der Gesetze göttlicher Substanz und Schönheit anerkenne. Durch Mich bist du, was du dir selber sein kannst in der Wertvermehrung deines Wesens, wie der Welt, in der sich dein Bewusstsein etabliert und schaltet, waltet, richtet und gerecht ist, einer wunderbaren Allianz mit Mir entgegen.

Das ist dann die Krone deines Menschenseins, wenn es sich im Adel göttlicher Gewandtheit, Güte und Gelassenheit vollzieht und sich Meinem seelenvollen und bedeutenden Agieren bis aufs Tüpfchen angleicht im unendlichen Betrieb, wie im bewussten, wunderbar Beglückenden In-dir-und-deinem-Weltensein-Beruhn.

4.9
All-Sinn zeigt sich, wo das Individuelle von dem Allgemeinen überzeugt ist und sich von diesem inspirieren lässt zu sagenhaften Weltentaten. Ohne jede Scheu erklärt sich das verständig und solvent Gewordene als allbewusst und völlig unbeschwert in seinem liebevollen Sich-Verstrahlen. Das geschieht im Namen des Allhöchsten, dem es sich

verbindet und vollends ergeben hat in seinem feingestimmten Weltgespür.

So ergibt es sich, dass von dem Einzelnen die Kraft der Botschaft ausgeht der Berufung aller zur Holdseligkeit Elysiens im wunderbarsten Seinsgenügen. Denn noch wählen von den Abervielen nur die Wenigsten den Weg der ultimaten Hoffnung auf das Einigwerden mit dem Wesen der Allherrlichkeit, dem alles Wonnesein und alle Güte innewohnen, die man sich denken kann im Unvermittelbaren. Trägst du dies silberhelle Los, bist du verwandelt in die Seinsgestimmtheit der Verklärten und erfährst ihr sakrosanktes Wohl in wonnevollen Zügen. Meisterlich und mild, manierlich, sanft und seelenvoll geworden, Bist du Träger der allherrlichen Gewissheit vom Ich Bin und von des Seins unendlich würdevollem Sich-Verstrahlen. Du bist, wie Ich, der Gottesschau anheimgegeben in der allerfüllenden Bravour des Ewigen, die dich beseelt in wundervoll gesättigter Allüre. Nun gibt es nichts mehr, was dir rätselhaft erscheint, weil du die Lösung deiner selbst geworden bist, inmitten der profanen Welt, wie in der Unergründlichkeit der Geistessphären. Du Bist und bist des Heils Gewandter und Gesandter in Natürlichkeit, Rechtschaffenheit und überirdischem Potential.

Das ist die all so tröstliche Wahrhaftigkeit von deinem Sein und Siegen, deiner seligen Verwandtschaft mit den Schöpfergeistern, wie dem Einssein mit dem Einen im Allhier. Du reihst dich selber in die Reihen der Verklärten ein und erklärst dich als geheiligt und ins Sein erhoben, ewig heiter in der Grazie des Himmels wie der Zauberkraft der Sterne in des Alls glückseligem Sich-selbst-Genügen.

4.10

Pompös, pompejisch schmiegt sich das schmucke Städtchen um den Vesuvkegel, ohne dass die Menschen darin ahnen, welch glühendheisse Masse schon in seinem Innern brodelt, unweigerlich und tückisch dem Verderben aller zu. Urplötzlich schafft der Druck sich freie Bahn gen Himmel und die Magma stürzt sich mit gigantischer Vernichtungskraft hinunter, alles unter sich begrabend und verheerend bis hinab zum Meer. Nach dem Tosen, Schreien, Um-das-Leben-Rennen und schlussendlich zuckend Niederfallen, herrscht gespensterhaftes Schweigen.

Doch seh Ich mitten in der Grabesstille, die vom Leib gelösten Seelen sich am Dasein wunderbarerweis erfreuen und sich Rechenschaft darüber geben, wie sie sich im Erdenleben ihrer Umwelt gegenüber aufgeführt und eingerichtet haben. Ihre Kenntnis von sich selbst und von der Welt, bis in urferne Zeiten, wächst und wächst gewaltig ins Unendliche hinein, bis dann der Wunsch in ihnen keimt, in einem neuen Erdendasein ihre Fähigkeiten weiter zu entfalten, der beglückenden Vollendung zu.

So sind alle Erdenbürger unentwegt in einem Her und Hin begriffen, das sie reif und würdig macht, ihr wahres Sein und Sinnbild als in Meinem zu erkennen und sich darüber in glückseligem Staunen zu ergehn. Das ist dein wahren Schicksals Unterfangen und ist aller Wesen seelenvolles Sinngedicht und Ziel.

4.11

Einer Berg- und Talfahrt ist der Zustand deines wankelmütigen Gemütes zu vergleichen, das von höchsten Höhen des Beglücktseins niederfällt ins Trauerritual, um alsbald wieder aufzusteigen in der Heiterkeiten lichterfüllten Saal. Wie die pure Sonnenglut den Horizont am Lichttag übergleitet, gleitest du derweil dahin am Himmel deiner Träume und bringst Frohmut, Tapferkeit und Wohlfahrt in dein Leben. Es lohnt sich nicht, vor Meinem Angesicht ein Querulant zu sein und gegen Meinen Sinnspruch und Befehl zu löken. Alles geht dir schwungvoll und gediegen von der Hand, sowie du Meiner dich versiehst und Meiner richtungweisenden Tangente folgst ins Unergründliche von Meinem götter-herrlichen Gehaben. So gelingt es dir, das vordem unbekannte Reich zu finden, dem du immer angehörtest und aus dem die Stimme ewiger Vernunf,t wie siebenfacher Seligkeit, in deine Ohren klingt für schön, für sicher und galant in deinen Meisterrunden. Das bedeutet dir das Unerhörte, das du Bist in Mir und Meinem Wohlklang der Gerechtigkeit und Fabelhaftigkeit am Sinn des Lebens. Du bist Meine Brücke zwischen hier und dort und auf und ab und hin und wider im gewaltenträchtigen Gespiel, das Ich Mir mit dir leiste und damit Mich selbst aufs Köstlichste erhebe in die Regionen reinen Glücks und seelenseliger Andacht vor Mir selbst im Unergründlichen.

4.12
Sich vor sich selber zu verbergen heisst, Unwissenheit zu pflegen über seine wahre, wache Existenz inmitten der Unendlichkeit und einer wunderbaren Güte, die von Mir ausgeht und den Weltenraum unsäglich liebevoll und licht durchströmt. Was hast du vor, will Ich dich fragen?

Willst du wirklich bleiben, wie du bist, im dubiosen Zwielicht, welches deine wahren Werte nicht zu offenbaren und verteidigen vermag? Ich stosse dich und deinesgleichen mächtig an, damit ihr euch bewegt in Meinem Sinn und Geist und Meine Stimme euch im Frührot der Geschichte wie Fanfarenklang erweckt und auf die rechte Fährte bringt, vom Hier ins Ewige gezogen.

Nichts weiter will Ich, als geduldigen Gehorsam Meinem Einfluss gegenüber, der dem Geistesfortschritt Tür und Tore öffnet und Versöhnung in die Herzen sät mit allem, was da ist und was verwandelt werden muss ins Fruchtige und Wuchtige Meines Begabens. Es ist ein Geisterheer am Werk, an dessen Saum du alles daran setzen sollst, um dieser Welt den Frieden und das Einigsein mit Mir und Meinem Anhang zu gewähren. Dein Verhalten wirkt unweigerlich bis in die höchsten Ränge Meiner treuen und verbindlichen Verfechter der Gerechtigkeit und Liebenswürdigkeit im Leben. Es komme, was da will, auf Meiner Seite ist nicht die geringste Unrast oder Zweifelhaftigkeit zu spüren. Alles ist geregelt und gemässigt und vermag die Bürgen Meiner Zunft zuinnerst zu erfreuen und ihr Dasein in die höchsten Höhen Meiner Wirklichkeit, Wahrhaftigkeit und Würde zu erheben.

Geh nun in dich und lass im stillenden Gewahren - deines Weltbilds Aberçu an dir vorüberziehn. Versinke dann vollends ins Schweigen deiner eigensinnigen Gedanken, damit Ich dir die Meinen offenbaren und zum Anerkennen und Gebrauch empfehlen kann. Es liegt der Nutzen wahrer Wonne und Begeisterung am Sein in ihnen, ebenso wie die Gewissheit der vollendeten Genügsamkeit, die ist, in Mir und dir und überall in der Unendlichkeit der Göttersphären.

4.13

Der Sonne sausende Trabanten sind nicht irgend-
eine Masse, sondern gleich dem Menschenkörper
Geisteswohnstatt im äonenlangen Kommen und
Vergehn. Auch du wirst dort für Lebenszeiten und
für Ungeborenheiten einen Halt und eine Hülle
finden, wo du deine eigene Vergangenheit erfährst.
Auf der Sonne wird es deine Zukunft sein im
Geistesfortschritt, der dir dann beschieden.

Wie dem winzigkleinen Samenkorn ist dir, als
Geisteskeim, Unendliches bereitet, sowie du,
hellbewusst, das Kosmische erkennst, das sich
durch dich bewegt und in dir waltet wunderbarerweise durch Äonen. Dann ist alles in dir
unerschöpfliches Bewegen und Erleben, Dein-
Bewusstsein-Weiten und Die-Fülle-alles-Guten-
Genialen-und-Gerechten-in-dir-Sehn. Mit dieses
Rüstzeugs strahlender Regie begabt, gelingt es dir,
zum allgemeinen Schöpfertum dein Scherflein
beizutragen und als des Seins Geselle und Bravour
dem Ganzen eine gloriose Zukunft und Vollendung
zu bereiten.

So ist dein Wirkliches, in Meine Wirklichkeit
gegossen, ein ereignisvolles Vorwärtsschreiten,
dem nichts gleicht und das dir die Begeisterung
entfacht, um mitzuziehn und mitzuwirken an dem
Aberwerk, das sich vor dir entrollt und royale Züge
offenbart. Du kommst und gehst und bleibst
zugleich das Seiende, das, in sich ruhend,
Weltenglanz gebiert und in geheimer Mission das
All bewohnt in wunderbar erhabener Gewähr.

Ein Merkpunkt deiner selbst bist du, genauso wie
des Allumfassens Gloriole im Entfalten deiner
geistigen Potenz in unermesslich reinem Dich-
Verstrahlen. Das ist dann des Glückseligseins
Standarte und gediegene Erwachen im Unend-

lichen, das dir in Mir gebührt und das dich zur entzückenden Vollendung führt im seinserhobenen Erlaben.

4.14

Gewiss sein will noch jeder, währenddem er über seinen Plänen und Besonderheiten brütet, bis sie ihm genügend reif erscheinen, um getreu ins Wirkliche und Wesenhafte umgesetzt zu werden. Exaktheit und Verlässlichkeit, Ausdauer und Gefühl sind dann vonnöten, bis das Werk als grandiose Offenbarung menschlichen Genies sich präsentiert und aller Augen voll Bewunderung und Liebe auf ihm ruhn.

So auch in Meinem Falle, wo es um das Myriadenfache geht und jeder Druck und Zug von unermesslicher Bedeutung ist in der Geschichte und Geschicktheit Meines Wirkens im Allhier. Was dir zu vollbringen unmöglich und vermessen schiene, hier ist es mit einem Federstrich von Mir getan, dessen Konsequenzen wohlbedacht, gewieft und seelenvoll in Meiner Absicht lagen. Nur Meisterhaftes, Hochgediegenes und Homogenes ist von Mir und Meinesgleichen zu erwarten, das aus der Schule der Vernunft und Sitte, Sagenhaftigkeit und Sicherheit hervorgeht, die Mein Ein und Alles sind im sakrosankten Operieren. Auch dir ist von Mir Fabelhaftes in die Hand gegeben als ein Pfand und Erbe Meiner Dignität und Wohlbesonnenheit, Gewandtheit und Vernunft in allen Sphären Meines Schaffens und Gestaltens. Das bedeutet Fortschritt im allweiten Wunderwirken Meiner Seinspotenz und wissentlichen Leichtigkeit, Perfektion und Allegrie.

Für dein Wesen muss daraus der Wunsch erstehn, in Meinem Sinn und Geist an dir und deiner Welt zu handeln. Denn alles Andere und Eigennützige ist eitel, ungerecht und monstruös, mit dem verglichen, was Ich doch mit so viel Verve und Willenskraft, Geläufigkeit und Wachheit in dir intendiere. Schlussendlich siehst du dich von Mir in Traulichkeit und Überschwänglichkeit, Salut und Minne als Vertreter Meiner selbst ins Zeug gesetzt und darfst dich meinen über so viel Feingefühl und Phantasie im Wirken über Generationen. Du bist dazu berufen, was Ich wollte, glanzvoll und beseligend zum Abschluss, Widerhall und Wohllaut Meiner allumfassenden Regie zu bringen, ohne nach dem wo und wie zu fragen. Alles, was du bist, ist Mein poetisches und märchenhaftes Unterfangen und wird dir zum glückseligen Gedeihen, wenn du dir in ihm kein Jota einer Aberration gestattest von dem Duktus, den Ich dir mit Schwung und Rasse auferlege.

Das ist nun Mein auserlesenes Ziel, dich in Mein Denken, Tun und Lassen einzuführen, bis es ununterscheidbar Meines ist in allen Daseinsregionen. Du in dir, als Mich, bist die gottselige Gewähr für allerhöchste Qualität und Liebenswürdigkeit im Offenbaren dessen, was Ich Bin und was aus Mir hervorzugehen hat, derweil Ich, seligen Gewissens, in Mir ruhe und den Nimbus des Unendlichen betrachte, das noch vor sovielen allertiefst verschüttet und verborgen liegt.

4.15
Ein Thema brennt Mir auf den Lippen. Sag Ich's oder geb Ich einem anderen gebührend Raum? Wer bringt sich selber federleicht hervor in unerhörten Dimensionen, wenn nicht Ich, der allerhabene, beständig motivierte, nimmer irritierte

96

Träger der Entfaltungskräfte im Allhier. Was geschieht, wenn Ich in Mir verschwinde? Nichts bleibt übrig, als das Nichts im weltlich dargelegten Sinne. Wär' da nicht das Grauen absoluter Leere zu empfinden?

Wer Mich kennt ist sich geständig, welcher Fülle und Vortrefflichkeit er sich dahingibt und dafür erreicht die Freie des Gestaltens in der unnachahmlichen Gewiegtheit göttlicher Gewähr. Wie am Schnürchen reihen sich die Taten auf, die er in der Bewusstheit seines Götterbotentums vollbringt und damit sich und seine Welt verändert in gottseliger Manier. Güte sprudelt ihm von Herz und Lippen, die erlabt die seinen wie mit Milch und Honig, liebreich aufgehoben in der Traulichkeit Elysiens, die er verwaltet und verströmt. Es nimmt sein Knechtsein, so wie deins, die Züge eines Königtums von Auserlesenheit und Gottesminne an, wie sie seit aller Zeit zu wünschen sind und zu erfahren im besagten Weltentum, wie in den geisteswirklich dargelegten Himmelssphären.

4.16
Kastellan im Schloss des Friedens will Ich sein, wie deines Lebens glückverheissender Gespan, der alles auf dieselbe Karte setzt und das berühmte Rudel seiner Innovationen ständig mehrt der namenlosen Vielfalt, Faszination und Fabelhaftigkeit entgegen. Ich erkläre Mich darin zum grössten Spender aller Zeiten von glückseligmachenden Potenzen, die dir helfen, geniale Werke zu vollbringen und den Treibsand der Gefälligkeit zu festigen, damit er tragbar wird für das Gigantische, das du in Szene setzest, siegessicher als ein neues Weltenwunder vor dich hin.

Kannst du dir erklären, woher all die Dinge kommen, deren du dich freien Sinns bedienst, um allen schon vorhandnen Werten neue und bedeutendere, märchenhaftere und grandiosere hinzuzufügen? Sie kommen aus den Sphären der berühmten Sterne, die die glanzerfüllten Menschenwerke liebvoll in sich tragen. Nichts als Meine Fülle macht es wahr, was sich so eigenständig, graziös, sturmsicher und rentabel präsentiert. Des sei dir ganz gewiss und somit mache dir kein Hehl daraus, dem Zuverlässigen und Unerschöpflichen Tribut, Bewunderung, Ergebenheit und Dankbarkeit zu spenden.

Was immer du mit Vehemenz und Tatkraft, klugem Wollen und Befehlen auf die Spitze treibst, ist Meines Höhenflugs Empfinden und erklärt sich aus sich selbst, genauso wie Ich selber Mich aus Mir erkläre. Schicksalhaft verknüpfe Ich die Elemente zu dem einen, grossen Dom der Wohlgefälligkeit am Sein und Werden, den Ich überall im Menschen- , wie im Götterreich errichte, Meiner Glorie und Unverfänglichkeit, Erhabenheit und Seelenseligkeit zu Ehren.

4.17
Himmelskunde ist weit mehr als eine Mär vom Guten und Geschmeidigen, das dir seit aller Zeit bereitet ist in seinem Das-Unendliche-Umgreifen. Sie klopft von Mir an deine Herzenstür und ladet dich behutsam, willig und geduldig dazu ein, dich guten Mutes und vertrauensvoll an ihre Regeln und Verheissungen zu halten, die dein Bewusstsein in die Weiten Meines Universenseins entführen. Aberglaube ist hier fehl am Platz, wo des Erkennens Spur dich zur Gewissheit führt, dass Ich dir alles,

was du Bist, in Perfektion und Fülle, Fabelhaftigkeit und Gleichmut selber Bin, aus Meiner Geistwelt, gütig und vertrauend, ins Erscheinen deiner Wesenhaftigkeit getreten.

Somit hängt, was immer manifest und weltverloren scheint, unweigerlich mit Mir zusammen in des Lebens vielgestaltigem und ewig virulentem Kräftespiel. Es ist zutiefst das Meine, wenn du's recht bedenkst und deine Oberflächlichkeit durchdringst voll Verve nach Mir und Meinen fabelhaften Gütern. Was immer du dir zulegst, ist von Meiner Prägung selektiert und lässt dich schuldig werden an des Himmels Gnadenfülle und Verströmen. Da ist es höchste Zeit, dir auch zu offenbaren, dass du, als Mein Kind, des grandiosen Erbteils dir gewiss sein kannst, das Ich dir jederzeit zugute halte, wenn du nur die Arme nach ihm breitest, seinen Wundern, Werten und Begünstigungen zu.

Wenn es dir gelingt, Mein göttlich Wort für wahr zu halten, bist du schon ins Sein gerettet, wo sich die Verklärten ihres Stell-dich-Eins erfreuen und der übersinnlichen Gewähr Bewunderung, Verehrung und Gehorsam statuieren. Lass es dir gelegen sein, unweigerlich in Meinem Sinn zu handeln und damit als ein Sakrosankter durch die Zeit zu wandeln. Als von Mir Gesegneter und Reif-gemachter trag dein Los und meide zugleich alles, was dich hindert, auf der Siegesfahrt zu Mir und Meinen Gründen, Meinem Stellenwert und Meiner Seligkeit an sich, die dir bereitet ist als Sinn im Sinn und Sein vom Sein seit aller Zeit zu ewigem Genügen.

4.18

Das Bekannte stösst sich an dem Unbekannten, das Offensichtliche will nichts von dem Verborgenen vernehmen in seiner Zunft und Zünftigkeit, zwei Lager auszumachen, wo doch alles eins ist in dem Einen, das Ich trefflich, selbstlos und vital repräsentiere. Wo das Eine unterkommt, muss auch das Andre seinen Hort und sein Befrieden, sein Behüten und Beglücken finden. Missmutigen und Knorrigen lass Ich den Rücken sehn, derweil Ich jenen schlicht und licht entgegengeh, die sich dem Leben freudig anvertrauen und agil und kraftvoll ihres Wunderweges fürbass gehn. Erreichbar Bin Ich nur in Raten, deren Einzelne Geschick, Geduld und Unerbittlichkeit auf ihr Portal geschrieben haben. Darüber lass Ich nie mit Mir verhandeln, ob nun deine oder Meine Version die Rechte sei, denn alles Recht liegt zweifellos in Meinen hocherhobnen Händen und verträgt kein Deuteln oder Beuteln auf der absoluten Wahrheit Rosenspur.

Versuche nie, es mit Mir aufzunehmen, denn zum Scheitern ist verdammt, was mit sich selber kämpft und ohne Einsicht in das Hoch-Erhabene, das es beseelt, befriedet und beglückt im Übermass, selbst wenn des Lebens Lauf und Arabske, Sporn und Kauderwelsch es noch so sehr geschunden. Du bist jederzeit bei Mir das allerliebste Kind und Bijou der Behutsamkeit, dem Ich das Wunderbarste angedeihen lasse in der Gutheit, die Mir eigen. Wappne dich mit Meinem Siegel und sei Mein durch dick und dünn, durch jede Wirrsal, die dich Mir entreissen will auf rauer Wallstatt und mit rasender Begier. Nichts von alledem wirst du empfinden, wenn du nach bestandnem Aufmarsch der gemeinen Geister

Meines Atems Milde spürst in wunderbarer Eintracht mit dem Göttersein, das Ich mit Vehemenz und Zartheit radikal und liebevoll vertrete. Nimm dich wie du immer bist und geh Mir leis und lieb entgegen, hoffnungsvoll und graziös, damit Mein Minnesang dich überkomme und Mein Antlitz dir zum ewigen Tag wird mit der Wunderkraft und Sanftmut seines Strahlens.

So gedeihe denn aufs Trefflichste in Mir und Meinem Liebesgarten, der dir allzeit offen steht, wenn du nur gläubig weisst, dass er zu deinem Glück besteht und zur holdseligen Gelassenheit auf deinen Zügen. Sei und sei Mein gütestrahlendes Juwel der Seinserhabenheit und Geisteswachheit, Losgelöstheit und Verbindlichkeit im ewigen Allhier.

4.19
Lichtgewandet und gestärkt tret Ich den Heimweg an ins unermessliche Vereinen. Gnade über Gnade übergleitet, was Ich Bin und schenkt Mir Zuversicht am gotterhabenen Gewissen, dem Ich Mich zugesellt und angeglichen habe. Nun erweist es sich, dass aller grossen Taten Rüstigkeit und Flimmer Meiner Fähigkeit zu sichten und zu richten zuzuschreiben sind im merkantilen, wie im übersinnlichen Bereich. Es gilt, die hart errungnen Stellungen zu halten, die uns Port und Stütze sind für weiterführende Affären. Nun gut, es ist was Prächtiges aus dir geworden und du schwenkst zur Ansicht von dir über, weise und gerecht zu sein am längelangen Leben. Das ist aber nur von wirklichem Bedeuten, wenn du darin Mich erkennst, als der Übervater aller Dinge und Gewalten, die Instanz, aus der jedwelche Rarität und Rüstigkeit hervorgeht, die da ist und Mich vertritt und offenbart,

als Träger unveränderlicher Wohlfahrt des Gebarens. Ich schenke ein, wo immer du dich einem Trank ergibst; Ich walte, wo gewoben und gewirkt wird, wenn du's nur erkennen magst, o Mensch, in deinen heilig hellen Untergründen. Folge Mir und folge Meinem Ruf inmitten einer wüsten Drängelei um fette Pfründen, Melkstationen jeder Art und Machtpositionen von gewaltiger Ranküre. Meide, was dich Mir entfremdet und erreiche so den Nimbus eines Wissenden und Seinsverklärten, der von Mir die Fülle alles Guten und die Förderung erwarten darf, die ihm gebührt und die ihn in den Stand der Seinsbeflissenheit und Seelenseligkeit erhebt am Weltenwerk, in das Ich Mich bis in die letzte Faser seines Existierens liebevoll vergebe.

4.20
Gerade dich scheint Der schon immer vehement gesucht zu haben, der dein Gedankenleben innig kennt und daraus seine Schlüsse zieht im Lebenszaubergarten. Du bist, wie jeder andere, dazu berufen dich einstens als die Rarität, Redoute, Kostbarkeit und Beute von Ihm finden und beseligen zu lassen. Denn wo die Absicht wohnt, wird bald die Einsicht folgen, dass die Weltendinge allesamt, das Eine mit dem Anderen, zutiefst verbunden sind und sich offenbar bedingen.
Wenn Ich dich suche, suche Ich in dir Mich selbst in grandiosem Einklang mit der innewohnenden Natur in deinem Dich-Begründen, und so flutet eine warme Woge der Glückseligkeit hinüber und herüber, wenn wir uns gefunden haben als das Eine Geistdurchschossene im liebevoll gepflegten, gottbesiedelten Allhier.

Du bist der sakrosankte Träger Meiner schillernden Natürlichkeit, so sicher wie die Sterne tag und nächtig in den Himmelsräumen sich verglühn. Vergleichst du deine Züge mit den Meinen, wirst du voll des Staunens darin keine Unterschiede sehn. Oben ist wie unten alles Meinem Einfluss und Salut dahingegeben bis zum Geht-nicht-mehr und somit ist zu sagen, dass Mein Sein, indem es sich zutiefst und wohlgefällig liebt, im ganzen Universum auch das Seine lieben muss, um allen Seins Gefieder zart und innig zu liebkosen. Gib dich Meinem Geistruf und Beglücken hin, will Ich dir unentwegt bedeuten, denn das rettet dich in Meines All-Erbarmens Hort und Präfektur. Sei nicht prüde, wenn du Mich mit deines Seinsbewusstseins Überschwang und Grazie umfängst voll Inbrunst und herzinnigem Begreifen. Wandle durch die Zeit als einer, der in Mir das Heil, die Heimkunft und das Seelenglück gefunden, das ihm auch gebührt nach allem, was er ausgestanden, gut gemacht und sich damit errungen hat vom Reichtum reiner Fülle, die Ich zweifelsohne aller Welt bescher.

Glaubst du Mir, so will Ich dich erröten lassen vor Glückseligkeit und Wonne im Erkennen aller Huld und Gnade, die Ich Meinen Bürgen einverleibe in des Lebens silberhellem Saitenspiel. Mehr als das brauch Ich dir nimmer zu bedeuten, mehr als seelenselig brauchst du nicht zu sein in deinem Mich-Umrunden; traulicher als traut wird dich in deinem Dasein niemand, als du selbst, umfangen, alleweil in Mir.

4.21
Wo treffen sich, wo reffen sich die grossen Geister, wenn nicht akkurat in Mir, um ihren Angelegen-

heiten Würde, guten Rat und Grazie zu verleihen. Dabei Bin Ich als Himmelskraft und Helfer, williger Gespan und Inspirator mitten unter ihnen, um ihr Werk zu fördern und mit holder Anmut zu versehn. Siebenfach von Mir gesegnet sind die willigen Vertreter Meiner Sache im Allhier. Bist du wahrhaft weise, wirst du dich zu ihnen schlagen und dich väterlich von Mir beraten lassen in gediegener, allweltlicher Manier. Meine ewige Jugendfrische trägt Vergangenes, wie Künftiges, in sich und entlässt es universenweit, womit Ich Meinen Einfluss, wie Mein hochpoetisches Geflüster, tüchtig spielen lasse. Auf diese Weise wird die Welt erst wohnlich, traut und wunderschön. Was Mich betrifft, ist alles, was Bedeutung hat Entschiedenheit und Wohlgefühl, in sie gebettet. Absoluter Friede herrscht, wo Ich das Sein vertrete und den Seienden das Licht erbete, in dem sie ihres Freiseins unerhörte Weiten sehn. Im Schauen wird ihr geistig Wesen und das Wesen einer Geistwelt offenbar, die alles in sich hält und führt und feiert, was da ist in Mir und dir in liebelächelnder Vollendung, Lauterkeit und Harmonie.

4.22
Bist du's immer noch, der Mir Impulse sendet für ein trauliches Gespräch zwischen zwei Herzen, will Ich meinen? Hast du ja genickt, so werfe Ich dir Rettungsringe einen nach dem andern zu, die dich in Meine Wasser der Geborgenheit und Sitte ziehen sollen. Deine Lebenstragödie wird sich in Wohlfahrt und tiefinnige Bekömmlichkeit verwandeln in dem Mass, wie du Vertrauen in Mich hegst und deine

Pläne, als von Mir gesegnet, sanktioniert und mitbegründet ansiehst, ohne jeden Zweifels Spur. Was dir an Mir gefällt, wird Mir in ebensolcher Innigkeit an dir gefallen. Was du immer denkst, muss sich im Reifen deiner Zeit als Meines Denkens Duktus und Verbindlichkeit enthüllen, denn erst im Einssein sind wir beide wahrhaft gross und lassen uns darob die Würde der Gottseligkeit und Wonne wohl gefallen.

Kannst du singen, sing Mir das Lob der Schönheit Meines Mich-ans-All-Vergebens, sing und bewundre immerzu, was du an Mir als rein und reich, gehörig, fabelhaft und genial empfindest in der Gotteswelten Sinngedicht und Flor. Hast du begriffen, wie geschickt und einfühlsam, begeistert und erhaben Ich Mein Weltgeschäft betreibe, wirst du Mir die Achtung und Bewunderung zollen, die Ich tunlich auch verdiene.

Was geschieht mit dir, wenn du dich dazu aufraffst, Mir und keinem anderen Tribut und Sühne, Tatenwilligkeit und freudigen Elan zu leisten in der Lebenstage Glut und Stoss? Du nimmst ständig zu an Weisheit und geschicktem Aneinanderfügen der Gedanken, die schlussendlich auch dein Heil begründen, sinngerecht und makellos. Ich lasse Mich nicht lumpen, wenn es darum geht den Bürgen Meiner Zucht und Zunft die absolute Wohl-gefälligkeit und Wonne zu erweisen, die sich jedem Herzenswunsch devot ergibt. Traue Mir - und schon ist die erquicklichste und vifste Trauung auch vollzogen zwischen dir und Mir und Meinem Anhang in der Welten brüderlichem Schoss.

Geschniegelt und gestriegelt stehst du da, sowie du Meiner dich versiehst und dir kein Jota wegbedingen lässt von dem, was Ich mit dir vereinbart habe in der Stunde des Begreifens und

Sich-regelrecht-Verstehns. Immer sind es Meine Züge, die in der Tage Schicklichkeit und Gunst vor dir erscheinen, als von Mir gesandt und aufbereitet, deiner Wohlfahrt und Gefälligkeit entgegen. Mach dich in Mir grossmanierlich, wach und heiter und du wirst dir bald dafür die Krone allen Seins erringen in dem Gleichmut und der Gottesgüte, die dich dann beseelen. Abkunft heisst auch Heimkunft in die Hallen Meines Universenseins und Meiner überragenden Regie. Götterlichte Seligkeit wirst du in Mir eratmen und des Freiseins silberhelle Euphorie geniessen in der Welten Herzensmitte, die dir im Umfangen zuruft: Alles ist vollbracht.

5

Da zünd Ich einen Funken Hoffnung an

5.1

Dort, wo du Bist auf jeden Fall, hol Ich dich ab in deinem Mir-entgegen-Blühn. Die Zeichen Meiner Gunst und Güte stehn auf voller Rücksicht mit den Meinen an der Grenze zwischen Sein und Nichtsein in allgöttlicher Manier. Du kommst des Weges, arg zerritten und beschnitten. Da zünd Ich einen Funken Hoffnung an in deinen Seelenfibern auf das Heil des Himmels, das da ist und aller Welten Wesen dazu einlädt, ihm zu folgen auf der Spur der seligen Besonnenheit und Zielbewusstheit Meiner zu.

Vermöge Meiner Kraft, kannst du das Kräftige und Unerschütterliche wieder spüren und für dich in Anspruch nehmen. Immer schön geduldig sollst du dich in Meiner steten Gegenwart verhalten und noch jeden feinen Fingerzeig beachten, den Ich dir zu deinem Herzenswohl vergebe. Nur Meines Willens Weitsicht und Beständigkeit macht dich am Ende wahrhaft gross und öffnet dir das Tor zu Meinem allerfüllenden Bewusstsein. Lass dich selber los, tritt ein ins Reich der strahlenden Gewissheit von dem Ewigen, das Mir beständig auf der Zunge liegt und die Ich voll Begeisterung bezeuge.

Salvator aus der Knechtschaft deiner borenden Begierden, deinem Weh und deinem Eigensinn sollst du Mich nennen auf des Seinserkennens benedeiter Spur. Und bist du so, gewähre Ich dir Absolution von aller Wirrsal, Wut und Unbotmässigkeit, in die du dich verstiegen. So wird das Freudenreich vor deinem Schauen aufgetan und du erfährst dich wie der Prinz im Märchen, dem die Fülle aller Wohlfahrt und Erhabenheit zu Füssen liegt in seinem Sich-Verwundern. Lauter, lieb und freundlich kommt dir alles, was da ist, entgegen und befriedet deine Sehnsucht nach Glückseligkeit und Harmonie auf ewig in der Traulichkeit und Grazie Elysiens.

5.2

Wohlfahrt der Gerechten spend Ich dir im Himmel reiner Güte in der Geistwelt, die Ich dir bescher. Und ist sie nah und ist sie fern, du wirst sie doch erreichen, so lieb und lustig und so gern, unter Meiner Hoheit liebevollem Zeichen. Ich rate dir, kulant zu sein, gewandt und tapfer in der Helden Reihen, die mit des Hauptes wie des Herzens Herrschaft Mich und Meiner Himmel Wohlgefälligkeit erreichen.

Ich weise dich Mir zu in langgedehntem Unterweisen und überlass dir weder Rast noch Ruh, bis du in Meiner Rosengärten Duft und Grazie dein Ziel und deine Seligkeit gefunden. Innen ist wie aussen: Heiterkeit und Helle, Wohlfahrt und Geselligkeit mit Mir und den Gerechten deiner Tage, wenn du nur Meinen Sinnspruch anerkennst, den Ich galant und gütig unter deines Namens Richtwert und Gravur drapiere. Ich lade dich damit zum Mahle Meiner Gängigkeit und Rarität für jene, die das grandiose Werk vollbracht, sich selbst in Meines Hauses Prunkgemach zu etablieren. Da hebt ein heller Jubel an in lichten Gottesräumen und spendet dem, der solche Gunst gewann, den Wohllaut Meiner hochgebenedeiten Gaben.

Du fühlst dich dann wie einer, der geschaut hat, was Ich meine, was Ich Bin und was du selber Bist im Zaubergarten einer Welterfülltheit von ereignisvoller Schöne. Es ist des Gottes Amulett und Stab, die dich berührt und umgewandelt haben in ein reingeschliffenes Gefäss der Andacht vor dem

Allerhöchsten, dessen Strahlen in ihm ihren Widerhall und ihre wundersame Seinsverklärung finden. Was du Bist, ist Meines eignen Seiens Elegie und richtungweisende Gesandtschaft zu der Menschenwelten Bund und Banner, Reiz und Zügellosigkeit, dass Ich sie zähme und geradewegs in Mein Gezelt und Meine Zuflucht dirigiere. Was hast du schon davon, wenn dich die so vergänglichen Gewinnste und Redouten selbstgefällig und verführerisch umspielen? Nichts Beständiges. Bestand ist nur in Mir und deiner Adaptation der Gottesgaben, die verschwiegen und bedeutsam, wunderlich und immergrün an deinem Lebenswege stehn. Du brauchst sie nur zu pflücken und schon werden sie dein Seelensein zutiefst entzücken in der Traulichkeit und Herzenswonne, die sie dir bewusst und graziös bereiten. Eratme du den Duft Elysiens in Meinem Reich der Gottesgeisterscharen und vernimm den Klang der singenden Schalmeien in den lauen Lüften Meiner silberlichten Höhn.

Du schweigst, derweil Ich Meiner Fülle liebenswerte Zartheit in dich ströme, schweigst im Licht der Himmelszärtlichkeit, die deinem Seelenangesicht und seligen Gemüt erschienen. Nicht umsonst war deine Müh und nimmer wird dir fortan die Gesellschaft Meiner Lieblichkeit und Gottestreue fehlen. Du bist in Mir der Seinsgeborene und Seinsgeborgene seit aller Zeit und darfst dich rühmen, mehr von dir und Mir zu wissen als die Überschwänglichste der Prophetien je verkünden konnte, denn du bist dem All-Gewaltigen vermählt auf ewig in der Bruderschaft der Sterne, die in deinem Seinsgewissen ihre Wunderkreise ziehn.

Was dir ewig nützt, ist hier getan und dargelegt. Was deines Seelenfriedens Lust und Leichtigkeit begründet, hat in diesem Augenblick dein Herz ergriffen und lässt es nimmer, nimmer los.

5.3

Wer ist der Kantor in dem grossen Liede, wenn nicht Meine Wenigkeit und wendige Standarte lebenslustiger Gefühle. Ich Bin Mir alles dessen, was Ich Bin, aufs Zärtlichste und Zierlichste bewusst und leiste Mir das sinnige Vergnügen, im Erinnern immer wieder abzurufen, was Mich einst zutiefst beglückte, um Mich wieder in den Stand der Wohlgefälligkeit am Sein und Leben zu versetzen. Besinnst du dich auf was du sein willst, musst du unweigerlich bei dem, was du schon bist, beginnen und von diesem, Schritt um Schritt, aufs Künftige spekulieren. Genauso wie du dich im Kleinen fassest und verhältst, führ Ich die Dinge auch im Grandiosen fein säuberlich zu dem zusammen, was Ich im Gestalten will und will gewandt und sieggewiss ins Leben apportieren. Bitte denk daran und lass dich, selbstbewusst wie Ich, von niemandem ins Bockshorn jagen.

Träf und tüchtig sei was du dir Bist im Seinsumfangen, tüchtig Bin Ich ebenso, indem Ich Meinen Sinn und Anstand über alles lege. Hast du dies begriffen, fällt dir von des Himmels Eigenart und Gnade eine Rolle zu, die du perfekt und genial zu spielen hast unter Meiner alles überschauenden Regie. Was immer du gewahrst, gewahre Ich in dir in deiner Inbrunst und Gewissenhaftigkeit im Pläneschmieden. Dein Vorlauf Bin Ich, wie dein Nachlauf auf dem Weg in Meine wunderlichen Tiefen. Dein Bewusstsein ist gespickt mit Weltgedanken, als von Mir gesponnen und gesendet und geführt in Geistpotenz und schöpferischer

Qualität von höchstem Rang und Namen. Siehst du dich darin verwurzelt, steigen Gottessäfte in dir auf, um dich mit meisterlicher Tatkraft zu begaben. Du wirkst in freier Wahl und wirkst doch, was Ich meine, als Mein mustergültiger Gespan und Meines Seins Vermählter und Gestählter, Aufgeblühter und Bewährter in des Daseins Pflicht und Aufbruch ins All-Ewige, bewusst und heiter, göttergleich und sternennah.

5.4

Wimme, was beständig, still und zärtlich in dir reif wird unter Meiner Geistessonne, dass es dich bestärke in der Wissenschaft vom Sein, die alles überbietet, was du vordem erntetest in dir. Im Ernst der Stunde gebe Ich dir zu verstehn, dass deines Daseins Wandel unfehlbar zu einem Ziel gelangen muss und das ist die Erkenntnis deiner selbst als Mich in der vollendeten Verklärtheit deiner Menschenzüge. Es heben sich die Schleier vor dem Strahlen deiner Seelenaugen und du schaust im hellen Lichte des Begreifens, was du Bist und was dir frommt in deinen Tagen. Das bedeutet unerschütterliche Heiligung, die du mit gutem Willen und gerechtem Sinn an dir vollziehst, zu deiner und zu Meiner Ehre im Unendlichen der Gottessphären.

Das Heil geschieht in dir und Mir im selben Zuge und muss unfehlbar ins Sein von höchster Qualität und Transparenz, Bedeutsamkeit und Daseins-wonne münden. Traust du dir dies zu erreichen zu, so helfe Ich dir vehement und voller Güte mit den Gaben Meiner Weisheit, Geisteskraft, Beständigkeit und Überzeugung am gewaltig inszenierten Werk, das vor Mir hergeht in gemessnem und gekonntem Schreiten zur Allherrlichkeit in seinsbewusstem Stil.

Nicht deine, sondern Meine Werke sollen in dir wachsen und Mein Bild von blühnden Paradieses-gärten offensichtlich werden lassen im Allhier. Dies allein begründet und beglaubigt Meine unnach-ahmlich reizende Philosophie des ewigen Strebens nach den Höhen der Glückseligkeit am Meister-werk, das Ich getan.

Sei und bleibe stets in Mir, damit du gleichen Sinns und Seins dasselbe auch erreichst, was Ich Mir Bin und biete an beglückender Allüre, wie an nie verebbender, geheimnisvoller Heiterkeit und Ruh.

5.5
Gesunde Kost für deine Seele ist vonnöten, um sie frisch und fröhlich, heiter und adrett zu halten in des Lebens unwuchtschwangerem Pulsieren. Gute Bilder, gute Taten tun ihr Wohl und lassen ihres Wesens Wirklichkeit in Schönheit, Grazie und Makellosigkeit erblühn. Was Trautheit, Himmels-zärtlichkeit und Harmonie bedeuten, kann sie ungesäumt von Mir erfahren, wenn sie ihrer Sehnsucht Strahl nach Mir versendet und vertrauensvoll auf Antwort wartet aus dem Reich der Himmelsseligkeit und Harmonie.

Was glaubst du, wie galant und gerne Ich die Meinen mit der Wohlbekömmlichkeit Elysiens verseh. Da macht es so viel Sinn, mit Mir die volle Freundschaft und Verbindlichkeit zu tauschen. Meine überirdischen Begriffe sollen sanft und sicher zu den deinen fliessen, um dein Wissen um die Gottesdinge zu bestätigen und zu vermehren, liebevoll und morgenschön. Denn alles, was Ich will ist, die Erhebung zu bewirken in Mein Reich des Friedens und der ewigen Heiterkeit für jene, die Mein Sein erkannt und auch das ihre wohl bewahrt und in ihr Blickfeld eingemittet haben. Keine Bürde ist zu gross, um diese Würde zu erringen, nichts zu gering, um zum ersehnten Heile beizutragen, das dir auserlesen ist in liebevoll befriedender, befreiender, beglückender, holdseliger Manier.

5.6

Vielleicht valabel ist, was du dir sein kannst auf der Seite der Bärbeissigen und Philiströsen, die ihr Ich-Sein trefflich hüten als ein Kleinod der Vergänglichkeit im erdenzeitlichen Kalkül. Ich hingegen Bin Mir der unendlich weise, wissende Bewahrer allen Seins in allen Regionen Meines Riesenreichs allhier. Wo du dich prunkvoll und behäbig präsentierst, herrschen Machtgefühle, Neid und Rücksichtslosigkeit in straffer Folge gnadenlos. Was ist nun Reizendes und Richtiges zu tun in deinem Plenum von Verbindlichkeiten und Gewinsten und Verlusten ohne Zahl? Dazu setze Ich dich jovial und väterlich in Kenntnis von der Möglichkeit, dein wahres Selbst zu finden auf der Geistesebene, die Meiner Heimat Richtwert und Allüre ist in unvergänglicher Manier. Unermessliche Verdienste stehn dir offen, wenn du hoffend, demutsvoll, geduldig und brisant das lukrative Seinsgeschäft betreibst ohn' jeden Eigendünkel und doch mit der Sicherheit der Avancierten, die, um was es wirklich geht, begriffen und bestätigt haben. Buhlst du um Erfolg in Meinem Sinne, wirst du dich dereinst als Herold der Gefälligkeit des Himmels und der Geisteswirklichkeit erweisen, der da weiss und sich im Übersinnlichen bewegt als Sehender und Sakrosankter, Meisterlicher und Erhabener von Meinen Gnaden. Alles, was du unternimmst, wird dann zu deinem und der Welten Wohl aufs

Trefflichste gelingen und dich davon überzeugen, dass zwischen dir und Mir ein wunderbar gesegneter Zusammenhang besteht. Seit allem Anfang bis zum Jetzt und bis zu aller Zeiten Folgerichtigkeit und Ende in der Lauterkeit der Gottessphären, bist du immerzu von Mir bestärkt, beglückt und hochgeführt im Wandel auf den Pfaden reiner Tunlichkeit und Sitte, Wohlgeborgenheit und Symmetrie. Unter Meiner Leitung ist es dir gewährt, den Gipfel reinen Equilibriums in allen deinen Welten zu erreichen und zu wissen, dass es Meine sind in den Fibrillen deiner Existenz als Gottmensch, unerhört bewegt, begeistert, heiter und gelöst im ewig Wunderbaren.

5.7
Stimmlos und doch vielverkündend musst du nolens volens deines Lebens Glamour und Gezänk im ewigen Gezeitenstrom vollbringen, vorwärts stapfend oder starr in der perfiden Unbeständigkeit, mit der du dich geschlagen.

Eher deplorabel wäre deine Lage, wenn sie nicht in Mir den Meister, Mittler Restaurator und Befruchter finden würde, unerkannter Weise, aber äusserst wirksam, wagemutig und gediegen.

Derweil du dich wie eine Furie gebärdest, habe Ich beschlossen, dich mit Vehemenz und zartem Wink zu zähmen, um dich wieder auf die Seite der Gerechtigkeit und Tugend, Wohlfahrt und Gottseligkeit zu ziehn. Denn es steht mit feiner Andacht hingeschrieben, dass Ich immer noch der Herr und Hüter Meiner Herde Bin in namenloser Liebelei und Wohlgesonnenheit, Tatkraft und allgöttlicher Regie. Du brauchst Mir nur Vertrauen, Zuversicht und guten Willen darzubringen und schon wendet sich dein Schicksals langgedehnte Elegie zum Besseren und Ausgezeichneten in deinen vielbewegten Tagen. Ich lasse aus der Fülle und Erhabenheit des Ewigen Barmherzigkeit und Güte, Lauterkeit und Liebe zu dir strömen. Spürs und du verwirklichst Freude und Gelassenheit in deinem Weltsein, währenddem du hochbeglückt den Schatz in deinem Acker ausgräbst als gefunden und beharrlich ins Unendliche vermehrt.

5.8

Was geschieht, wenn alle Stricke deines Weltseins reissen und du vor einem Abgrund stehst, der dich verschlingen will mit seinem fürchterlichen Gähnen? Du fällst und fällst geradewegs in Meiner liebevollen Arme Bund, worin Ich dich behüte immerfort in Meiner unfassbaren Güte, allen Weltenwesen zu.

Derweil du Bist, bist du in Mir und bist in allen Meinen Funktionen, Lektionen und Errungenschaften - Meines Wesens Grosskaliber und Idol. Es geht nicht an, dass du dich klein und kleinlich machst in Mir und Meinem geisterfüllten Anhang. Du brauchst dich dessen nur bewusst zu werden und schon siehst du dich allwie von einer Engelschar hinaufgetragen in Mein Reich des guten Willens und der Einsicht, dass ja alles heil ist und beseligend in Mir.

So befinden sich die Werte allen Seins im wunderbarsten Equilibrium und stehen allen offen, die da sind in Meinem glanzerfüllten, götterlichten und glückseligmachenden Elysium.

5.9

Mobil sein oder firm ist hier die Frage, die sich so zur Lösung bringen lässt, indem du beides Bist in Meiner Ewigkeiten Sinngedicht und Stil. Was Ich meine ist: Bewegtheit habe Ich erfunden, um Mich selber fit und fabelhaft zu halten in des ewigen Augenblicks Befindlichkeit in der Ich Mir die Zeit vertreibe. Warm und innig will Ich sein, um Meines Wohlbefindens Willen überall, wo Ich Mich manifest und mutvoll, kapriziös und leidenschaftlich zeige. Wo Ich ins Unwahrhaftige und Unsensible falle, fröstelts Mich, damit Ich Mich auf das besinne, was Mir Heil, Holdseligkeit und Wohlfahrt bringt in reinen, vollen Zügen. Immer ist in Meinen Motivationen das Moralische im Spiel, das zwischen den Akteuren Klarheit und Bewunderung, Wertschätzung, Förderung und schliesslich die Zufriedenheit erschafft, ob den Geschäften, die sie miteinander pflegen.

Heimtücke, Knausrigkeit und Härte kann nicht gut gehn im so weit verbreiteten Gebimbel der Moneten und dem Wachsen der Strukturen in der Menschenvielfalt, die Ich hier betrachte. Es ist die Offenheit und Seriosität, das Mitgefühl und die Behutsamkeit, die Ich Mir seelenvoll erwünsche in den so bewegten und ereignisvollen Lebensszenen. Reine, reiche Fülle aber ist nur dem beschieden, der inmitten der Betriebsamkeiten selig in sich selber ruht, seinsbewusst, vollkommen unabhängig und bedeutsam in der Sagenhaftigkeit der Göttersphären. Was da unten noch als kleinkalibrig, minikrim, zerbrechlich, anfällig und banal gehandelt wird, ist im Hieroben eine Sache der Verklärung aller noch so sehr verworrnen Angelegenheiten und gestaltet sich zu einem Fest der wunderbar gefestigten Prinzipien der Wohlgefälligkeit des

Seins, der Grazie, wie der Gewandtheit, die daraus erspriessen.

Die Göttlichen berufen sich darauf, gelernt zu haben, wie man seiner eignen Taten Loblied singt und sich in Seligkeiten wiegt, die der Erhabenheit des Seins entspringen und in ihm das gloriose Ende finden in der Unermesslichkeiten Sinngedicht und Flor. Sieh dich vor, dass du erkennst, wie sehr du Teil hast an dem Ganzen, Überwältigenden, das Ich Bin und das du Bist in der Vereinigung der Weltengeister und Gemüter, als in Mir und Meinem Einigsein mit allen Dingen und Gewalten, Liebenswürdigkeiten, Wonnen und Genügsamkeiten im verehrungswürdigen Allhier.

5.10
Huldreich beugt sich eine Geistgestalt zu dir hernieder und befreundet sich mit dir. Hinfort musst du nimmer darben, gibt sie dir mit einer Geste liebenswürdiger Versöhnlichkeit und Helle zu verstehn. Ich habe dich schon immer aufs Entschiedenste behütet und vor Schrecklichem bewahrt, erklärt sie dir mit feinem Lächeln und du konntest es nicht wissen. Doch nun ist es dir bewusst geworden im Erkennen himmlischer Gewalten und Gestalten, die dich mild und meisterlich umgeben.

Wende dich an deine Geistgefährten, sag Ich dir, in Not und Dürftigkeit, die dein Gemüt bedrängen und du wirst erfahren, wie besänftigend, beglückend und erlösend sie dir stets zur Seite stehn. Es gibt noch Wunder, wirst du künftig zu dir sagen und das Allergrösste ist die wunderbare Übereinkunft mit den Geisteskräften, die im Sinn der Weltenevolution - und Harmonie agieren.

Es sind die Wesen der gestaltenden Magie, die von Mir ausgeht und das Sternenall umfasst in reiner Güte und Gewissenhaftigkeit am Leben, das Ich laufend generiere. Es springen Funken auf, da, dort und überall des Seins, die Ich in weltenmännischer Manier um Mich verbreite. Immer habe Ich's aufs Trefflichste verstanden, neuen Werten Raum und Existenz, Rührseligkeit und Sehnsucht nach dem Himmel mit auf ihren Lebensweg zu geben. So besteht ein unsichtbares Band der innigen Beziehung und Befruchtung zwischen dir und Mir, das windet sich durch ganze Geistergenerationen, die in bester Weise und in unnachahmlicher Bescheidenheit für deine Wohlfahrt und natürliche Begabung, für dein Heil und deine Lebenswonne sorgen.

So bereite Ich, was dir gebührt und so empfängst du ohne Unterlass, Beschränkung und Behindrung Meinen Segen, der die Allerwägsten deiner Wünsche stillt und dir Beglückung spendet noch und noch in den verheissungsvollen Wundern deines Seins, als stipuliert von Mir und überwacht, begütet und bewahrt im allerfüllenden, unendlich liebevollen und besänftigenden Mich-Verstrahlen.

5.11
In Meinem Haus wird unterschieden zwischen dem, der wenig kann und dem, der stets bewiesen hat wie tüchtig er sein Handwerk meistert und versteht. Auf Schritt und Tritt hast du dir selber zu gehorchen in der erhabnen Kunst, die Dinge mit verklärten Augen anzusehn und ihnen Schliff und Rasse, Figalanz und Andacht beizubringen. Dann trittst du auf wie einer, der da weiss was zählt und was gekonnt ist in der kurzen Spanne Zeit, die ihm für seinen Auftritt

zugestanden. Wachheit und Entschiedenheit sind hier zuallererst vonnöten, damit die Präsentation in Glanz und Glorie geschieht, derweil Ich hinter dir, dezent und liebevoll, am Wirken Bin, damit sie wohl gelingen möge.

Aufrechtstehn ist eines, unbeirrt und tapfer vorwärtsschreiten ist ein anderes und besseres im Aufwall deiner Taten. Ich habe Mich nicht lange zu besinnen, weil Ich selbst der Sinn Bin, der in jeder Meiner Gesten Genialität und Weitsicht offenbart. Das soll auch für dich und alle gelten, die Mich in ihrem Sein gefunden, akzeptiert und hochgejubelt haben. Wahrhaft weise kannst du nur am Schnürchen Meiner Weisheit sein, indem du Meinen Muttersinn in dir erspürst. Weit mehr als ein Laternchen sollst du Mir zu einem Glanzlicht werden in der schwingenden Parade aller Lichter, die vor Mir im Sturmwind hängen.

Was Ich dir erzähle, ist ein Gruss vom Jenseits deines Selbstbetrachtens und der sinnigen Bescheidenheit und Demut, die dir eigen. Ich drehe auf, wo andre mit dem Knüppel bremsen; Ich überziehe, wo die Menge sich an die Gesetze hält, die ihr das Joch der Zeit beschieden. Mach dir nichts vor, wenn auch du ausbrichst aus der starrenden Konformität, denn noch viel konse-quenter als sie hast du selber dich zu richten nach dem Mass der Gottestugend und der weiter-führenden Potenz im Sanft-und-sicher-, Zielstrebig-und-galant-Sein allen noch so wilden Widersachern gegenüber. Machbar ist Mir alles, doch Ich führe nur das Wohlbesonnene und Redliche, das Richtungweisende und Auserlesene auch wirklich aus in Meinem Mich-Verkünden. Alle Welt soll wissen, dass bei Mir das Allerbeste, Allerliebens-werteste und Allerfreundlichste Triumphe feiert und somit das Ideal ist, dem ein jeder folgen soll in seinen Pröbeleien und Verwirklichungen.

Pro memoria will Ich dir mit auf deine Fährte geben, dass es weise ist, den Sinn ins Geistgebiet zu lenken, wo die Dinge der Allherrlichkeit und Wohlbekömmlichkeit sich leichterdings vollziehn. Es herrschen da Bedingungen der Wohlfahrt und des Friedens, der Gerechtigkeit und Harmonie, genauso wie du sie schon immer wolltest und doch nie erreichtest in des Erdenwandels Streben. Nur in höheren Gefilden wird dir nach dem Mass der hellen Hoffnung das Elixier der sich verschwebenden Holdseligkeit und Wonne eingeflösst, um dich schlussendlich in den Zustand des Entzückens an der Welt und am geliebten Dasein zu versetzen, das du Bist und das Ich Bin mit allen seinslebendigen Schikanen. Zähl auf dich und allsobald wirst du von Mir gezählt als einer von den Meinen, die nicht müde werden allen Seins Gediegenheit und Lauterkeit zu loben in allgöttlicher Manier.

Sichte Mich und Allheit ist gesehen, stürze dich in Meine Gründe und die Begründung deines Daseins ist erreicht in seinsvollendeter Holdseligkeit und Grazie, Gewissheit, Unermesslichkeit und seelenvoller Harmonie.

5.12
Metamorphose der Gedanken und Gefühle in den Wortlaut, den Ich hier den Meinen liebevoll zum Allerbesten und Erspriesslichsten vergebe. Was geschieht, wenn das Gedachte sich ins Wort ergiesst? Es erstarrt zur festen Form und lässt sich nimmer modulieren, um den Sachverhalt noch angemessener zu offenbaren. Das zeugt in vielen Fällen Missverständnisse und Zwietracht unter den

beteiligten Gemütern, die ihr kleines Ich in Stellung bringen und versuchen, Recht zu haben in dem, was sie aus dem Wort an Einsicht, Wissen und Gewähr gewonnen haben.

Nun ist es an Mir, darüber zu sinnieren, wie alles, was Ich Meine, unverfälscht zu Meiner Bürgen Kenntnis und Verstand gelangen kann. Da send Ich Meine gütesprudelnden Gedanken und Gefühle straks ins warme Menschenherz hinein, wo dir der Sinn des so Gesagten aufbricht wie die Frühlings-knospen in der Sonne Segen.

Willst du mit Mir in Eintracht, Wohlgefallen und Verständnis fürbass gehn, so ist es unbedingt vonnöten, dass du Meines Geistseins Attitüde innerlich erschaust und mit ihr umzugehen weisst in jeder Weise deines Über-dich-Verfügens. Ich mach es ebenso mit dem, was Mir von dir entgegenflutet und verheisse dir Erfüllen und Gelingen nach dem Mass der Grossmanier, mit der wir uns bedienen.

Was immer so geschieht, geschieht in Überein-kunft mit dem Sein, das aller Wesen Inhalt, Stütze, Traktion und Wohlfahrt ist im Wunderbaren. Treu und innig trage du zu allem bei, was nützlich, nonchalant und segenvoll die Welt durchzieht und in ihr Auserlesenheit und Wachheit, Heiterkeit und Wohl bewirkt in wunderbar gefälligem und seinsgerechtem Überragen.

5.13
Manifest der Wohlfahrt und Bewusstheit, Admirali-tät und somnambuler Seelensicherheit sollst du für alle sein, die Weitblick, Genialität und Grazie des Himmels suchen. Bist du deiner steten Sorgen und Bedürfnisse entwachsen, zeigt sich dir die Perspektive deines Lebens als unendlich seinsge-

sichert, friedensträchtig, hoheitsvoll und wahr. Wisse, dass in Meinen Zirkeln jener Charme und Schuss der Heiterkeit begründet liegt, der alles Leben süss und selig, standhaft und gewinnend macht in seinen götterlichten Dimensionen.

Die Mär vom Scheitern ist nicht wahr, weil jede noch so dürftige und unscheinbare Geste deines Wesens, als von Mir befruchtet und belebt, ein Bijou der Natürlichkeit und Grazie des Himmels darstellt, licht und schön.

Du bist von Mir umwunden und durchströmt in nie verebbender Geselligkeit und Anmut des gerechten Wirkens in der Menschheit Schoss. Es mehren sich die Zeichen Meiner Huld und Überschwänglichkeit am menschlichen Getriebe, das Ich Bin im Universenwerk in unnachahmlicher Grandezza und Gefälligkeit, die Ich galant und geistreich impulsiere. Bin Ich das, so Bin Ich dich in reinem Übertragen Meiner genialen Fähigkeiten auf dein Konto, deine Machart, dein Erlaben und Gefühl. Was willst du mehr, als Meiner Freundschaft Generosität und Glorie zu geniessen. Mach es wahr, dass du im Seinserkennen Meiner Züge dich bedienst, um deine meisterlich und mild, galant und gütig zur Vollendung und Holdseligkeit zu stilisieren. Erlebst du dich in diesem Sinne, sinnt eine Welt darüber nach, was sie Mir ist und was Bedeutung hat in ihres Seins Entzücken, Ebenmass, Maturität, Manierlichkeit, Begehren, Lust und Spiel.

5.14
Wahrhaftigkeit und Unverfrorenheit gehören bei dir nicht zusammen. Doch an Meinem Hofe sind es wohlbekannt Gäste, die den Blick, auf was sie sind, beileibe nicht zu scheuen haben; denn ihr Tun und

Lassen ist von Mir gesegnet und geprägt, gebilligt und gerundet und kann gar nicht anders als vollkommen sein, in jeder situationsgerechten Strategie.

Hat's bei dir geklingelt, klingelt es genauso auch bei Mir und lässt Mich Meine Geistesöhrchen spitzen im Bestreben, einen Sachverhalt genau und innig zu erfassen, um daraus das richtige Verhalten abzuleiten. Was Ich will ist immer graziös und wunderschön, wie das Spiel der Ballerinen auf dem glänzenden Parkett in den berühmten Opern deiner kleinen Welt von Meinen überwältigenden Gnaden. Was immer du bestimmst, ist Meiner Stimmung und Gestimmtheit unterworfen, denn es ist gesagt, dass alles Obere nach unten durchbricht, rieselt, sickert und Betrieb macht ganz nach Meinem Universengout und Meinen siegessicheren Parolen. Was im Kleinsten rasch verschwindet, mache Ich in Mir unendlich gross und geb ihm die Gewissheit der Bedeutung und Ranküre, die von Mir und Meiner Göttergunst ein Zeichen sind und ein verbindliches Symbol.

Weide dich an dem, was Ich dir so besage und gewinne Achtung vor dir selbst, als einem Grossgegängelten von Meines Geisteslichtes lobesamem Strahl. So kommt, was kommen muss von Mir und wird verkündet an den Küsten aller Nationen, um ihre wechselnden Bewohner flugs zur Freude und Begeisterung am Sein und Sinnen zu erheben.

5.15
Jugendfrisch und ewig unbekümmert tret Ich vor dich hin und explizere all so, dass Ich Bin das Wesen der Allherrlichkeit in sonnenstrahlend und erhebend dargebrachten Zügen. Alles läuft und

rennt Mir unentwegt und zielbewusst entgegen, ohne noch zu wissen, welche Kräfte in ihm treibend und getrieben sind durch zahllos angefachte Generationen. Was bleibt dir anderes zu tun, als Mich in dir für alle Ewigkeit zu suchen und schlussends zu finden im bezaubernden Allhier. Allüberallhin ausgebreitet Bin Ich das geheimnisvolle Es, an welchem sich die allergrössten Geister tunlich scheiden, weil die einen unreif des Erkennens Meiner Attribute und die andern voll des Geistes sind, in dem Ich Mich dezent und akkurat verstrahle.

Es gilt, den Lebensfaden abzuspulen hin zu Mir in zahllos vor dich hingebreiteten und vollbewussten Perioden der Glückseligkeit, die Ich dir zum Ergreifen und Erleben offeriere. Warme Herzlichkeit beseelt Mich, wenn Ich deiner in der Aussenwelt bedenke und versuche, dich mit allerwürdigstem Erbarmen in die Meine väterlich und wohlgesinnt hineinzuziehn. Denn da ist aller Künste Regel, aller Günste Zuverlässigkeit und allen Bleibens Seligkeit für dich bereitet, als ein Fest des Inneseins in dem, was ist und als das Seiende in allem seinen Einfluss geltend macht und zugleich den Triumph geniesst, den es unendlichen Geblüts, Gemüts und Heiterseins vollzieht in sich und seinen Bürgen. Gross bist du herausgekommen allsobald, wie du in deines Seinserkennens Glorie in Meines Geistseins Räume trittst, die sind der Zustand der Verklärung, den du alleweil erreichen kannst, wenn das vollendete und sakrosankte Stillesein vor Mir gelungen ist in deinen göttlichen Ambitionen. Du schweigst; in deines Schweigens Gloriole tret Ich leise, leise ein und künde dir Mein Hiersein an, indem Ich dich aufs Innigste beglücke und begeistere an deinem Dich-Erfühlen in unendlicher

Gefälligkeit und Zuversicht am Leben. Du gefällst dir selber als in der galanten Wohlgefälligkeit der Geistessphären, deren Hüter und Beglaubiger Ich Bin und deren wundervolle Trautheit Ich, gesegneten Gemüts, aufs Trefflichste verwalte.

So geht die Weltenzeit an dir wie Mir vorüber, indem wir sind und ewig unvergänglich in der Meisterschaft des Weilens unsere Herzenswonne teilen. Du in Mir und Ich in dir, ist die Parole der Holdseligkeit, in der die Seinsverklärten ihren Wohlstand und ihr unerschütterliches Domizil gefunden haben. Nicht in der Welt ist ihres Bleibens Blüte, doch aus ihr hinausgeboren wesen sie im Lichte der Allherrlichkeit im Genialen Meines Waltens, Schaltens seelenvoll und heiter, seinsgerecht und gütig in unendlichem Beruhn.

5.16
Was treibst du dich in der Geschichte deiner selbst herum, derweil Ich in Mir selig innehalte und vor grossem Publikum erkläre, dass Ich Bin geläutert und gestählt, gewappnet, preziös, gerundet und gesundet das Unendliche in ewig zärtlichem Michselbst-Umrunden.

Wunder über Wunder wirst du dann erleben, wenn dein Sein und Sinnen sich als ganz in Mich gebettet offenbart. Das ist dann die Weise, die Ich jedem Meiner Bürgen als die Allerlieblichste und Förderlichste zugestehe in der Vielfalt seines Nach-Mir-Rufens.

Was immer du dir leistest, soll an dem gemessen werden, was Ich als dein Vorbild und Fanal vor deine Seele setze, dass sie sich, als lieb von Mir geführt, zutiefst erfühlen kann in ihren fabelhaften Gründen. Es ist die Weltenweisheit, die sie will durchströmen und mit ihrem Sein versöhnen immerzu, damit die Prophezeiung sich erfülle: Du wirst unfehlbar Mein Eigen sein in der Vollendung deiner Tage und Errungenschaften, deiner Seinsbewusstheit wie der sinngemässen Wonne, die dich dann beseelt.

Alle Tücken deines Weltseins wirst du spielend überwinden, wenn dein Sinnen sich vollends in Meins geschmiegt hat, ohne jedes Wenn und Aber und dir damit den so viel ersehnten Status eines Seinsverklärten und Erhabenen verleiht vor Meinem liebevollen Dich-Beschauen. Was du nie gekannt, wird dir dann unfehlbar geschehn, dass deines Soseins Züge, wie die Meinen, exquisites Freisein von jedwelcher Not erfahren und sich jauchzend in der Wohlgefälligkeit Elysiens ergehn. Das wird die Gestimmtheit deines Herzens sein allüberall, wo du Mir in Vertrautheit und Gelassenheit, Bewusstheit und Bescheidenheit begegnest in den Rängen Meines Reichs der guten Geister und der geistigen Hierarchien, die wohlgegründet über deinen im Unendlichen bestehn.

Nichts kann dich daran hindern, Meiner Wohlfahrt Grazie und Unbedingtheit zuzustreben, denn dem Allerhöchsten kann kein Niedrigeres vor dem Strahlenlichte stehn. Alles ist auf Mich bezogen und in Mir gewogen als im All der Dinge und Gepflogenheiten, in der Rührigkeit der Sinne, wie in der so benedeiten, himmelweiten Gottesruh.

Ich spinne hocherhabene Gedanken und erfühle Mich in allen Seins unendlich warmem, weichen, seligen Gefieder, in Vertrautheit, Himmelszärtlichkeit und Grazie mit den Meinen. Unvergänglich süsse Melodien schweben durch den Äther der Unendlichkeit, in dem Ich Meines Seiens Glorie und Entzücken seh. Wohlbewusstes und gediegenes

Mich-selbst-Erfahren offenbart Mir, was Ich Bin in einer Weltschau ohnegleichen, wie der wunderbaren Seinsbeseligung, die Hand in Hand damit einhergeht durch die Zeitenlosigkeit, in der Ich Mein Erhabensein vollzieh.

Sein vom Sein ist alles was Ich hier erschaue, liebevolles Sich-Begegnen in der feingefühlten Seelenruh. Was Ich Mir erträumte, ist Mir hier geschehn und was nie enden wird, erschliesst sich Mir in lichter Seinsbewusstheit und Holdseligkeit im Wunderbaren.

5.17

Wem kann Ich denn, als immer nur Mir selbst gehören, wachen Blutes und gesegnet von den Kräften und Begünstigungen, die Mir innewohnen. Auf die hohe Kante leg Ich, was Ich in Mir habe, um dann umso vehementer alles, voller Inbrunst an die Wesenswelten zu verschenken. Meilensteine der Allherrlichkeit setz Ich an Meine Bahnen, Himmelslichter lass Ich strahlend aus sich auferstehn und überlasse sie der Gunst und Güte ganzer Göttergenerationen. Ist es da verwunderlich, wenn sie, aus dem Gedankenkeim entsprossen, sprühend, selbstbewusst und meisterlich gedeihn, um aller Welt ihr Strahlenantlitz und ihr überwältigendes Seinsgefühl zu zeigen.

Meine Künste kann kein noch so unerschütterlicher Kauz kopieren, denn sie offenbaren eine Zauberkraft und Majestät, die keinem andern innewohnt als Mir, dem sakrosankten Sein der Welten und Gesetzlichkeiten, der Verbrüderungen und galanten Wohlgefälligkeiten. So geläufig sind sie Mir wie alle Urbeginne und Gestaltungen,

Erschliessungen und Segnungen, die Meine Zierde sind und Mein bewundernswürdiges Labor.

Kannst du ermessen, wie viel sinnendes Geflüster Ich Mir auferlegen musste, bis soviele mustergültige Begabungen, Begegnungen, Bezirke, Raritäten und begeisternde Relikte der Allherrlichkeit entstanden waren? Du siehst die Dinge deiner Welt wie durch ein gespalten Nadelöhr und siehst sie klein, derweil Ich Mich den Unermesslichkeiten weihe, die Mir eigen sind und Meinen Drang nach Schönheit, Würde, Sagenhaftigkeit und Auserlesenheit befrieden. Ich schätze es, wenn viele noch denselben Drang wie Ich verspüren und sich Meiner Seinsgewalt bedienen, um den Schöpferreichtum im Allhier geflissentlich und liebevoll zu mehren, bis zum Geht-nicht-mehr.

Ahnst du, wie silbentreu und preziös, manierlich und geschwisterlich du Mir in dir begegnen musst, um anstandslos zu reüssieren und den säuberlich geschaffnen Dingen die ersehnte Krone aufzusetzen in allgöttlicher Manier? Bist du endlich wie Ich Bin geworden, fährst du dem Elias gleich im Feuerwagen durch die Lüfte und eroberst dir die Reiche reiner Geistigkeit im Nu und in der Überzeugung, dass sie sind und, ihres wahren Werts gewiss, auch immerzu lebendig bleiben. Immer aber suche Ich das Heil zu generieren in den Bürgen Meiner selbst und finde, dass es viele gläubig akzeptieren in dem seelenvollen Innesein, das sie gewissenhaft, geduldig und herzinnig pflegen.

Das ist nun Mein Wort und Meines Wortes Widerhall an dein Gehör und dein gehöriges Begreifen deiner Situation in Meinem Dich-und-Mich-Begründen als das seiende, glückselige Gebild der Wahrheit über allem, wie der Sinnenfälligkeit im geistdurchfluteten und majestätischen Allhier.

5.18

Währschaft und robust sind Meine Geistestriebe, wenn es darum geht, für eine Liebschaft oder für die Seinsgerechtigkeit zu kämpfen, deren Seim und Seele Ich für Mich gepachtet habe. Genau dasselbe gilt für dich und deine hochgeschätzten Ambitionen in dem Reich, das dein Verhängnis, deine Freude und dein Glück bedeutet offenbar.

Was die Siegesarbeit, die du leistest, anbelangt, so will Ich dir zu wissen geben, dass sich ohne Meinen Einfluss in dir nichts bewegt und dass alle deine Güter und Errungenschaften letztlich Meine sind in deinen so geschmeidigen und selbstbewussten Händen. Über deinem Torso wahren Seins und Lebens Bin Ich das verbindende und überwindende Agens der Gottesgüte, das dich fördert, festigt und erhebt. Nur mit deinem Willen lassen sich der Landschaft keine Früchte abservieren; Meiner setzt unendliche Akzente und begabt die Lebensfelder mit Naturkraft und Ergiebigkeit, Resonanz und Rüstigkeit aus Meinen Schalen. Mir ist nur wohl, wenn Ich Mich hemmungslos an alles, was da ist, vergeben kann: ewig, allvermögend, wirkungsvoll und wahr.

5.19

Natürlichkeit vor allem in der Seele seligem Gemach. Mich fröstelt, wenn Ich so bedenke, wie geziert kabarettistisch manches Menschenkind einhergeht wie auf Stelzen oder Stöckelsohlen. Einfach, schlicht und sauber ist die Seinsparole für

Mein Werk der wirkenden Gerechtigkeit und der bewussten Selbstkontrolle, die die Meinen ständig praktizieren.

Was nützt es dir, wenn du von aller Welt bewundert wirst und vor Mir arm und schmächtig dastehst bis ans Ende eines langen Lebens voll erbarmungsloser Egoismen, Tricks und Zwängereien? In Meinem Reich ist solches Tun verpönt und nimmer zugelassen. Nur das Edelste, Uneigennützigste und Liebevollste lass Ich gelten in der Kathedrale der Wahrhaftigkeit in lichtdurchfluteter und sakrosankter Atmosphäre. Was Ich will, sind ewige Genügsamkeit und Lauterkeit an dem, was Ich in freier Wahl an jedermann verschenke, wenn er nur begreifen würde, wie behutsam und verbindlich, treu und dienlich Ich den Meinen jederzeit in geistiger Erhabenheit und Harmonie, Gewogenheit und Stärke innewohne.

Heil den Getreuen, die Mein Vorbild und Verdikt kapiert und angenommen haben. Ihnen blüht ein Seelensein von exquisiter Grazie des Himmels, die sie unerschütterlich umhüllt und mit der Zauberkraft des Ewigen begabt, in dem sie sind und überglücklich leben. Hochromantisch und gediegen ist ihr Sein auf dem verehrten Erdenplan. Denn ihnen ist es optimal gelungen, Mich in jedem Lebensaugenblick am Werk zu sehn in wohlgelungener Synthese mit dem menschlichen Kalkül. Ich in dir und du in Meinem Reich der tausend wohlgefälligen Gepflogenheiten wie den alabasterreinen Seinsallüren, die Meinen Glanz und Meine Glorie aufs Allertrefflichste begründen.

Sei du selbst dein Hort und Wehr, doch immer eingefügt und eingebettet in den Meinen. Denn die Liebe spricht: Verlieren kannst du dich im rechten Leben nimmer denn in Mir, der alles Weltensein mit seiner Huld und Freundlichkeit umgibt und mit dem Melos aller Güter der Allherrlichkeit versieht in wunderbarem Einklang mit den so Begabten.

Reiche Mir in dir die Hand und du bist als Verklärter zugelassen zu den Schätzen, die Ich mild und meisterlich verteile an die Schar der gottgeweihten Solitäre, auf der Wahrheit, Wachheit, Heiterkeit und Gottestreue seelenvoller Spur.

5.20

Sleep well, zeigt dieser Bildschirm andern an, als dir, in deinem eigenständigen und busperen Benehmen. Kaum magst du dich daran erinnern, dass du jemals träge warst in deiner Art, die Dinge anzupacken und dem guten Ende zuzuführen.

Nun sei du auch bereit, in deiner Wallfahrt und Vernünftelei, das, was Ich Bin, zur Geltung und Gewähr zu bringen für das wahrhaftige Weiterkommen auf der vielgepriesnen Götterspur. Ich winke dir und sinke dir voran in deine Tiefen und gewähre dir das schützende Geleite auf der Fahrt in die Unendlichkeiten Meiner Züge, die exakt die deinen sind im Weltgedankenmeer.

Lass es doch zu, dass Ich dein integrierter und bezaubernder Begleiter Bin in deines Lebens Saft und Sanktuarium, in allem, was du unternimmst, um dich und die Gemeinde deiner Treuen regelrecht auf Trab zu halten. Spinne deine Pläne als ein gültig Aperçu der Meinen in der tröstlichen Gewissheit, dass Ich weiser und beständiger, natürlicher und redlicher als du agiere. Mein Mich-selbst-Bewerten zeigt Mir das Erstaunliche, das Ich Mir Bin, in allen Regionen der Allwirklichkeit, die Ich gewissenhaft beschreibe.

Das ist nun deine Chance, dass du dein Bewusstseins Attraktivität vollends in Meiner sich ergehen lässest, um die Weiten und Besonderheiten in ihr auszuloten und damit dir selber Resonanz, Glaubwürdigkeit und Güte zuzuhalten. Lichtheit zu erringen ist dein Los, in Meine Höhn zu steigen deine Stärke und in Meiner Ebenmässigkeit und Wohlgefälligkeit zu ruhn dein Sinn und deines Sinnens gloriose Leistung, Wundertat und herzerschütternde Manie.

6

Gunst und Güte ganzer Göttergenerationen

6.1

Global Vernetzte sind wir, Digitalisierte, allertiefst in die Materie Verkrochene in des modernen Denkens Lust und Stil. Wohin denn soll dies diesseitsschwangere Verhalten führen? Immer mehr vergöttern die getriebnen Menschen die Maschinen, ihre Leistung, ihr Talent und ihren Raubbau an der göttlichen Natur. Das egoistische Getriebe artet in die Selbstzerstörung aus, derweil ein jeder nur noch einheimst, statt sich voller Güte an das Allgemeine zu vergeben.

Doch soweit will Ich's nicht kommen lassen. Das würde heissen, dass Ich an Mir selber Mich verginge und damit Mein eignes Wesen ad absurdum führte. Über alle destruktiven Kräfte werden schliesslich Meine schöpferischen, liebevollen und unendlich sanften triumphieren, die Ich Bin in der bewussten Schau auf Meine gottesgläubigen und zielbewussten Bürgen. Stabil, gerecht, leutselig und von Mir geführt ist ihr Verhalten und so ziehe Ich mit ihnen die allweite Evolution hinan ins wunderbar gesättigte, unendliche Genügen.

6.2

Ernst im Unernst, Ritterschaft in der Verlorenheit der Zeit Bin Ich für alle Welt und ganz besonders auch für dich, Mein wahrer, wacher Seins-bedürftiger in deinen Sehnsuchtstagen. Wie kommt es, dass Ich dich so an die erste Stelle setze Meines Überlegens, was dir frommen könnte und was dazu angetan ist, dir zum Besten zu gereichen? Weil du Mich suchst voll Inbrunst und Entschiedenheit, voll Wärme mit geduldigem Gemüt und mit der Redlichkeit der Kinder, die zur sanften Hand der Mutter streben. Deine Klugheit ist der Drang der

Innocents zu Mir und Meinem Mich-aus-liebevoller-Stärke-Kompetenz-und-Glorie-Begründen. "Unter Meinem Fittich bist du wohlgeborgen", resümiert die Schrift der Schriften und lädt dich dazu ein, Mir zu gehorchen, statt dem schnöden Mammon und - Meiner götterlichten Weisung stattzugeben, mitten in der finsteren Kohorte der Versucher, die im Jenseits Meiner gottesfürchtigen Begriffe stehn.

Ich Bin der Weg, will Ich dir sagen, Bin deine Taufe mit dem Richtmass der Unendlichkeit und, dich zu wiegen in den Schlünden der verderbten Zonen Meines Reiches, ist Mein unbedingtes Los. So fährst du mit geschwellten Segeln reiner Hoffnung einer Insel der Glückseligkeit entgegen, die Ich dir, im wildbewegten Meer ein sakrosankter Solitär, bereitet habe. Du erreichst sie in der wunderbar getragenen Gestilltheit deines wachenden Gemüts an jedem Morgen makelloser Meditation, ob der die Seele ruhig und gelassen wird in der bedeutungsvollen Weise, die die Wissenden und Seinsverklärten offenbaren.

Innig ist dein Heil und innewohnend in dir Meiner Güte Seim und Meiner Wohlgefälligkeit Gewähren. Ich schütte aus, so viel Ich kann, an die Gefolgschaft Meiner Fersen, Verse und Beteuerungen, die dich führen in Mein Zelt der guten Gaben, der Gerechtigkeit und strahlenden Glückseligkeit am Sein, das Ich Mir Bin und das Ich allen offeriere, die sich Mir wohlgesinnt und zugewandt erzeigen.

Das ist nun Meines Seins Begriff, Erfüllung und Gewähr, dass Ich dich zu Mir hole in der Eintracht der Gemüter und der Einigkeit, mit der wir uns im selben Boot und Schicksal, Radikal und Reichtum der Allherrlichkeit befinden. Du bist Mir immer gut genug, sowie du einsiehst, wie gewogen, wohlgefällig und verbunden Ich dir Bin in jeder Hinsicht, wie in der bedeutungsvollen Heiterkeit der Sphären, die Mein eigen sind und die auch deine Wohnstatt werden sollen, akkurat in Mir und Meinen Unermesslichkeiten.

6.3

Und so weiter und mit allen Konsequenzen, die Ich Mir mit Meinem alles übertreffenden und hochsensiblen Schaffen auferlege. Jedwelcher Art von Trägheit zum vornherein abhold, erwirke Ich Unendliches zu Meinem ausgesprochnen Ruhme und verlasse Mich dabei auf Meinen Spürsinn und Mein geniales Können schlichtweg überall, wo Meine Kräfte ihren sakrosankten Einsatz generieren.

Gewieft und ausgesprochen vif erledige Ich jede Art von hängigen Problemen unbedingt zu deinen Gunsten, indem Ich Myriadenfach in allen Wesen Meiner Huld Mein eigner Günstling Bin. Die Siegestrophäe voller Stolz in hocherhobnen Händen Bin Ich Mir das Manifest der Unbesiegbarkeit und Hoheit Meiner selbst in allen weltlichen wie himmlischen Belangen. Dazu ist zu sagen, dass Ich Mich in alle noch so wilden und riskanten Abenteuer werfe, ohne jede Rücksicht auf Gefahren und Verluste, weil Mir schon zum Voraus der berauschende Gewinn, wie die Verehrung der Beteiligten todsicher sind im abermunteren Agieren.

Was immer Ich berühre, wendet sich spontan und hochbegabt zu Meinen Gunsten in die Poleposition und sonnt sich in den besten Rängen am Erfolg, der aus dem vollen Einsatz Meiner Fähigkeiten resultiert. Folgst du Mir in jeder Meiner Wendungen und Variationen Meiner selbst in dir, belohne Ich dein Tun mit blitzenden Pokalen mitten in der prallgefüllten, jubelsüchtigen Manege. Unübertrefflich reizvoll und grazil sind Meine Gaben, wenn es darum geht, ein Herz tiefinnig zu beglücken und entrücken, Meinen Sphären reiner Geistigkeit und Phantasie, Gerechtigkeit und Seinsgeselligkeit entgegen. Dort, wo du reüssierst, belohne Ich dich allsogleich im Überschwang begeisterter Gefühle mit der Fülle Meiner Wohlgefälligkeiten, die von Anmut, Traulichkeit und Grazie triefen.

6.4
Ausgereifte Pläne sind vonnöten, dass das Werk gedeihe: meisterlich, robust, bezaubernd schön. Schau, diese hab Ich dir fürs ganze Leben mitgegeben, unbewusst in dich gesenkt, deswegen sind sie für dein Wirken und Bestehn nicht minder wahr. Dein Schicksals Züge sind ein wohlerwogenes Produkt aus dem, was du im letzten Leben arrangiertest, wie aus Meinem weltenschaffenden Idol, das allen Wesen überlagert ist in ihrem Sich-ans-Sein Vergluten. Unbeständig bist du, weil du noch zu wenig von dir weisst wie ein Erwachender, der sich allmählich an den Tag gewöhnen muss, der ihn mit seinem Licht gar liebevoll umflutet. Wisse, dass du nicht allein bist in der Strategie der Hoffnung, die dein Wohl und deine Seligkeit begründen.

Jedoch der Grund von allem, was da ist Bin Ich mit allen Mir so wunderbar geläufigen Schikanen, Schicklichkeiten, Wundertaten und Maximen. Wende dich Mir zu, lass Ich dich füglich wissen, weil du akkurat auf diese Weise aufs Entschiedenste, Geläufigste zu deinem, wie zu Meinem Ziele kommst im längelangen Leben. Bist du erschüttert, sei gewiss, dass Ich der Rüttler Bin an deinen festgefahrnen, knorriglich gewordenen Intensionen. Allein bringst du sie nimmer frei und rackerst dich an ihnen ab, bis du erkennst, dass das gelinde Sich-ins-Seiende-Ergeben neue Perspektiven schafft und neuen Mut, um schrittweis, gläubig, redlich und gedeihlich fortzufahren.

Ich will nichts weiter als dein Wohl, das zugleich Meines ist im weltenbürgerlichen Sinne, dem du tunlichst unterliegst in deinem Brüten, Wüten und Kapieren. So walle denn tatkräftig und versiert Mir zu im geistigen Gefüge, das die Welt durchflutet und begleitet und sie schön und sicher, redlich und bekömmlich machen will für alle Meine Wesen, die in ihr das Heil, die Hochfahrt, Heiterkeit und himmlische Glückseligkeit gewinnen sollen.

6.5
Edelmut ist, was Ich stets für alle Meine Bürgen offen halte im Unendlichen der Himmelssphären. Dazu bist du geschaffen, um alles, was Ich Mir in dir verspreche, aufzunehmen und zur Wirklichkeit zu bringen. Ich sende dich, damit du lernst, dich akkurat als Mein Gesandter zu betragen. Sei du schliesslich Meines Willens A und O in der Erfüllung deines Seelendranges mit von der erhabenen Partie zu sein, die Ich im Ewigen gezielt und meisterlich betreibe. Es ist die Achtung vor dir selbst, sowie vor Mir, die dir das Dasein auferlegt und die dich dazu motiviert, das Allerbeste von dir herzugeben in des Lebenslaufs Beginnen und Besinnen, Beute fangen und Bewusst-dein-Gottesziel-Verfolgen im gesegneten Allhier.

Unmittelbar auf Meine sakrosankten Fragen sollst du eine, Meine geniale Antwort geben, derweil Ich jederzeit dein Intimus und Inspirator Bin in allen deinen Daseinslagen. Ganz einfach ist es dann für dich, zu existieren und zu reflektieren und im Assistieren - Meiner Pläne Richtmass, würdiger Vollbringer und Magnat zu sein im Wunderwerk, das Ich mit Vehemenz und Zuversicht, Salut und unverblümter Zärtlichkeit verseh.

Gestehst du Mir von Herzen deine Liebe ein zu allem, was da ist und kreucht und flattert, will Ich dich darin bestärken und beschützen, will deiner Ziele Moderator und Verfolger sein mit Konsequenz, Beharrlichkeit und götterlichtem Wohlbetragen. Demnach gilt es nun für dich, agil und wesensstark zu werden, um den vielen penetranten Forderungen Meinerseits wie deinerseits aufs Ebenmässigste und Allerliebste zu genügen. An dir ist es, Mir innige und imposante Freude zu bereiten an dem Liebeswerk, das du voll Verve und graziöser Gottesminne inszenierst. Es ist das Meine, wenn du's recht bedenkst, als siebenfach Verklärter und Bewährter in der Kunst der Redlichkeit und Sachlichkeit am Weltenwerk, das zu vollbringen ist in unermesslichem Gelingen.

So bist du denn das Mass der Fülle, die Ich über dich ergiesse, wie der Mittler Meiner Gnaden, denen aller Sinn und alle Seligkeit, der Segen und die Güte innewohnen, dir Glückseligkeit zu bringen, jetzt und künftig, feierlich und tröstlich, friedevoll und froh im Wunderbaren.

6.6
Wer Mich kennt, erfährt den Segen absoluten Sicherseins im eigenen Refugium, das alle Zeiten sinnentleerten Spekulierens überdauert und Mich in Mir selber aufrecht hält in einem grandios gestalteten Mysterium. Denn es ist Mir nicht bekannt,

woher denn all die Kräfte kommen, die Mich mit Heiterkeit, Bewusstheit, unerschütterlichem Optimismus, Meisterschaft und rauschendem Genie begaben; doch Ich weiss, dass sie Mein höchstes Gut und Meines All-Erfüllens Fluidum und Wohllaut wahren Wirkens sind, das sich im Weltenschaffen offenbart und in der Schönheit, die Ich liebevoll an sie vergebe.

Ich bilde Mir nur ein, was Ich gerechterweis auch bilden kann in Meiner Art, dem Grandiosen wie dem zierlich Ziselierten Ausdruck, Köstlichkeit und Grazie zu verleihen. So auch dir in deiner Art, am Schicksal wach zu werden, menschenwürdig und verinnerlicht im Seinsbetrachten. Du sollst dich und damit Mich erkennen in der Morgenröte des bewussten Im-Unendlichen-Auferstehns, als in Meiner Hemisphäre reiner Geistigkeit, Gutmütigkeit und sonnenklaren Diktion im Schaffen neuer Weltbezüge, Wunderwerke und Gediegenheiten.

Was ist nun dein Teil an diesem Meisterwerk der guten Gaben, wie der Ergötzlichkeiten Meines allumfassenden Behütens? Akkurat derjenige, den du dir selbst erwählt hast in der allerwürdigsten Besonnenheit und Aberwilligkeit von deinen Taten. Ich lasse dir den freien Lauf in deinem Existieren, Laborieren, Meilensteine setzen und Markantes produzieren, ganz in deinem Sinne, wenn du's schaffst, mit Mir durch die Erlesenheit der Allwelt zu flanieren. Das ist dann das Grösste, was du je vollbringen kannst, dass du dich Meinem Duktus angleichst bis aufs Nu des eingesetzten Goodwills und der wohlgefällig eingebrachten Taten. Zusammensein heisst Einigsein im Götterwillen und Gebaren, und aus dieser Einigung mit allem Sein erblüht dir eine Seligkeit und Wonne ohnegleichen, die Ich dir in liebevoller Zartheit, Herzlichkeit und Wohlgewogenheit verleihe.

6.7

Was ist aus dir geworden, derweil du lebtest einmal, zweimal, fünfmal oder siebzehnmal im grandiosen Bogen deines Existierens so und so? Hast du begriffen, dass du ständig auf der Avenue deiner Neigungen und Gepflogenheiten, Sinnbilder und Vermutungen einhergehst, als von Mir belehrt, geführt und ausgehalten? Immer war da deine Eigenwilligkeit im Spiele, doch einmal wirst du wissen, dass es ebenso die Meine war im unerschütterlichen Über-dich-und-Mich-Verfügen. Ein todsicheres Geheimnis ist dann trauterweis vor dir gelüftet, währenddem du konsequenterweis in Ehrfurcht vor dir selbst vergehst und deiner Hoffnung Segel setzest nach dem Stern des Ewigen, den du wohl siehst und der noch lange nicht erreicht ist in der Inkarnationen Zahl, die deiner harren. Die guten Geister, Meister und Errungenschaften werden dich allmählich und manierlich seinem Glanz entgegenführen, derweil du selbst zu einem strahlenden Symbol der Stärke, des Gedeihens und der Schöpferliebe wirst im Geisteshimmel Meiner Güte und Gelassenheit, Vollendung und Bravour.

Wie oft gebärdest du dich noch als Möchtegern in flatterhaften Zügen. Da möchte Ich dich stärken und erhabener und liebenswerter sehen in der Symbiose der Allherrlichkeit, in welcher wir schon immer inniglich verbunden waren. Traue Meinem Wort, will Ich dir sagen und sei ganz Mein und Mich, Mimose, Malachit und Mächtiger der Himmelssphären, die da sind, von Meinem Geist und Gut beseelt, an Meinen Göttertisch geladen. Du Bist und kannst es kaum noch fassen, was geschehen ist in deines Seinsbewusstseins Tiefen, dass sich dir das Unerhörte, das Ich Bin, geoffenbart und dargeboten hat. Und das geradeso wie Mir in einer grandiosen Schau von eigenem Verfügen, dass in Mir die Bitternis der Zeit erloschen ist und dass Ich in der Seligkeit und Grazie Elysiens Mein Sein verschwebe. In der Güte Meiner selbst verwalte und gestalte Ich, was Ich in ewiger Wonne Myriadenfach in Mir erlebe, als im Sein der Gotteswelten universenweit gesehn. Das mündet in ein unerschütterliches In-Mir-selbst-Beruhn in einem Einigsein mit Mir und allem, was da ist von alles überragendem Bedeuten. Entzücken finde Ich an der Entlarvung aller Illusionen und dem Entdecken Meiner wahren Wirklichkeit, die Ich als reines Sein bezeichne und an dem Ich schon für immer, als im wunderbaren Über-All, Mein Wohlgefallen finde. Wieso auch sollt Ich dir beweisen, dass Ich Bin in nie verebbender Gesandtschaft, Wesenskraft und Harmonie? Mir selbst kann nichts verborgen bleiben in der universenweiten Offenbarung geistes-göttlicher Substanz, die Ich mit Vehemenz, Natur-kraft und unendlicher Geschicklichkeit betreibe. Was auch immer für Erfordernisse Mich erreichen, Ich behaupte Mich in ihnen und vollführe einen Tanz der tausend Variationen um die Wesenswelten, denen Ich Gestalt und Leben, Wohlverstand und Traulichkeit des Ewigen in Fülle zugehalten habe.

Glückselig ist, wer auch nur einmal Meine Wirk-lichkeit erkannt und akzeptiert hat ohne wider Mich zu löken, in dem bittern Ungemach, das er sich selber zugezogen. Allein auf weiter Flur Bin Ich in Meinen Höhen makellosen Seins, weil alle, die sich

Meiner Gegenwart versichert sahen, in das Einigsein mit Mir verschmolzen.

Was Ich in allem Bin, ist Zauberkraft, Genie und Munterkeit des Ewigen, die Ich in jedem Zweig und Zwitter, Morgenglanz und Ungewitter Meiner selbst mit Vehemenz und Abergründigkeit vertrete. Das ist nun Meine Art in reiner Geistigkeit und Fülle, Unerschöpflichkeit und Virtuosität Mein Eigenes in Universenweiten darzustellen und in äonenlangem, seinsgeduldigem Befruchten zum Erfolg und Abschluss, Sieg und sakrosankten Wohlgefühl zu bringen. Immer trachte Ich nach Frieden und Gerechtigkeit in Meiner Bürgen Myriadenzahl und komme ihnen liebevoll und heiter, voll Weisheit, Sachverstand und Überlegenheit entgegen, brüderlich und schwesterlich in einem.

So werden Meine Tüchtigkeit, Mein Glanz und Meine Einfalt nie verbleichen, derweil alles um Mich her von Meiner Zuversichtlichkeit und Fülle zehrt im reinen Glauben an Mein Wort und Meine Würde, Meinen Richtwert und Mein super seriös gestaltetes Agieren.

Mit unermesslichem Gewinnen wendest du dich Meiner Güte und Gelassenheit, Bravour, Geschliffenheit und Lauterkeit entgegen, denn die Summe aller Gnaden und Begünstigungen, Seinssalute und Millenen, die Ich dir vergebe, kann von niemand nimmer überboten werden. Sei Mich selbst und sei getrost in allen weltlichen Belangen deiner selbst, denn diese sind von Mir in dir ein Zeichen der Allherrlichkeit und Demut, Seriosität und Weisheit des All-Ewigen im Wirkfeld Meiner Grosskultur.

Nun ade, Ich geh von hinnen und geniesse Meiner Wonne Seim als einer, der sich kennt und kundig ist der Geistergenerationen und Wahrhaftigkeiten,

Wohlgefälligkeiten, Zärtlichkeiten und Beweise der nie endenden Gottseligkeit im Wunderbaren.

6.8

Majestätsbeleidigung ist angesagt, wenn sich in Meinem Reiche die Gemüter von Mir wenden und in Eigenbrötelei versinken millionenschwer. Was hat der Mensch der Gottheit anzubieten, wenn er sie nicht kennt und seinem eignen Antlitz Herrscherqualitäten anschminkt, inhaltslos, bar jeder Güte, für die Welt ein einziges Malheur. Es saugt das eigensüchtige Manipulieren immense Kräfte auf, die der allgemeinen Wohlfahrt nimmermehr zugutekommen. Wehe den Despoten, denn sie schänden, was sie sind und was Ich Bin in ihnen.

Blicke nicht auf sie und hebe deiner Augen Pracht den Meinen unverwandt, vertrauensvoll, freimütig und bewusst entgegen, dass sich in den Blicken, die sich treffen, eine Freundlichkeit und Freundschaft ohnegleichen anspinnt in bezaubernder Manier. Dein Gutes wächst, derweil du alles Widersinnige und Ungeschlachte von dir fahren lässest. Manifest der Trautheit mit den Himmlischen und Avancierten sollst du sein in wunderbar gesegnetem, facettenreichen und beglückenden Betragen. Indem du Bist, was Ich Mir in dir sein will, trägst du das Bewusstsein einer Menschheit zu den Sternen. Denn wo immer sie das Sein berührt, berührt sie auch das All, in dem Ich unvergänglich, unverfänglich throne.

Was Ich will, ist dein Erkennens Lauterkeit und Leicht-Sinn, Seriosität und Fabelhaftigkeit in wunderbar beschwingten Seelengründen, als von Mir belebt, befruchtet und zur vollen Blüte hochgezogen. Du gewinnst in Fülle, was Ich an dich noch so gern verliere, wenn du nur im Gleichschritt mit dem Meinen deine Pfade gehst und Mich -mit allem was du tust- verherrlichst und in Meinem Herrschertum bestätigst, folgenschwer.

In Meinem Sein gibt es kein Unterscheiden zwischen mehr und minder, Aufstieg oder Niedersinken, Greifen oder Gehen lassen. Alles ist in liebevoller Harmonie und Einigkeit verbunden und bestätigt sich das Glück des Daseins in bewährtem und bewundernswertem Götterstil.

6.9
Oberstes Gebot in Meinem wackeren Philosophieren ist Wahrhaftigkeit im Offenbaren der phantastischen und faszinierenden Gedanken, die Ich für Mich hege. Sei es das Lied der Wonne, das Ich ob dem Zustand reinen Seins und Sinnens singe oder die Begeisterung am schöpferischen Flair, die Mich beseelt: immer ist von Wirklichem die Rede, das sich in Mir machtvoll und gewiss manifestiert, derweil Ich Mein erhabenes Gefühl belausche.

Was nun, wenn Ich Mein Sein in einer Geistigkeit von allerhöchstem Rang und Reiz verschwebe? Ich konstatiere, dass Ich Bin in nie verebbender Beständigkeit, Bravour, Glückseligkeit und Lauterkeit im makellosen Lichte Meiner selbst vor aller Zeit, das Wesen der Allherrlichkeit und Güte, Tugendhaftigkeit und Tatkraft, Heiterkeit und Harmonie. Im Ewig-Guten weilend wirke Ich das zu Verwirklichende ohne Zögern genialerweise in den Welten, die Ich Mir erschaffe und auf Trab erhalte, minutiös und meisterlich in wunderbar gesegnetem und sattem Über-Mich-Verfügen. Ich auferstehe in Mir selbst als ein beseeltes Wunder der Gerechtigkeit und Redlichkeit am Schöpfungswerk, das Ich vollbringe und holdseligen Gewissens zur

Vollendung ziseliere. Wohlgefälligkeit und Grazie bestimmen Meines Handelns sakrosankte Elegie und lassen Seinsgewogenheit und Hochgemutheit in die Himmelweiten fahren.

In den Höhen Meiner Selbstheit herrschen Frieden, Freiheit, Frohmut, Tüchtigkeit und Harmonie im selben, hochbedeutenden und eminenten Masse. Dem, was Ich Mir Bin, kann nichts und niemand auch nur im Entferntesten das Wasser reichen, weil noch alles, was da ist und wird und wächst und phantasiert, aus Mir erspriesst in wunderbar bewussten und beseligenden Meisterzügen.

Das ist nun das Fazit Meiner Überlegungen und soll auch das deine sein, wenn du nur tief genug das Schürfrecht ausübst im Erkennen deiner selbst als Es, geheimnisvoll und heil, hellsichtig und genügsam, seelenvoll und zart im universenweiten Weltgefüge.

6.10
Meinen Strahl send Ich zu dir hernieder. Alles will Ich tun, um alle wieder für Mein Reich und Meine Wohlfahrt zu gewinnen, denn Ich lasse keines Meiner Kinder unbesehn ins Ungewisse fahren. Wer den Vater findet, findet auch sich selbst im Grunde einer Geistwelt, die sich über alles breitet, was da ist, allwie ein tröstlicher und liebevoller Baldachin. Was Mein ist, sei auch dir geschenkt im Wunderbaren, das du dann betrittst, wenn deine Seele nach Mir lechzt, so wie die Wüstenpalme nach dem warmen Sommerregen. Erquicken will Ich deines Herzens Tor mit Heiterkeit des Ewigen und mit der auserlesnen Gottesgüte, die Mir eigen. Denn es steht geschrieben: über allem wünsche Ich

dein Wohl - und deine Tatkraft soll Mir helfen, dir herzinnig gut zu sein und dich mit Himmelsglorie wie mit der Gewandtheit einer Überwelt von Grazie und Gelingen zu bedenken. Meine lichten Züge sollen in dir Zuversicht und Minne, Sanftmut und Geduld entfachen, einer unerschütterlichen Wohlgefälligkeit entgegen. Unerhört ist, was Ich jederzeit für dich in Szene setze und dir angedeihen lasse: hinter den Kulissen, auf der offnen Weltenbühne, wie auf dem Proszenium, wenn sich der Vorhang längst geschlossen vor dem Jubel des entzückten Publikums.

So vieles trage Ich dir nach, was du im Zug der Zeit vergessen hast in deinem Wüten, um es dir wieder einzufügen und dir dienstbeflissen beizustehen in der Kunst des Lebens und des Auferstehns zu Mir und Meinem wunderbaren Equilibrium. Es sei, dass zwischen dir und Mir und zwischen deiner Welt und Meiner auch nicht der geringste Unterschied besteht, derweil sich dein Bewusstsein radikal und liebevoll in Meins vertieft und damit die Gerechtigkeit des Seins ihr Ziel gefunden hat im Wunderbaren. Das ist dann eine Welt von immanenter Schönheit des Gebarens, wie von namenloser Liebenswürdigkeit, die sich die Seinsverklärten unentwegt erzeigen. Mein ist dein und dein ist Mein in diesen götterlichten Regionen und die Würde der Erhabenen glänzt weithin durch die Lande des Entzückens am Gewinn und an der strömenden Wahrhaftigkeit, die die Beglückten und Bezauberten allhier für sich gewonnen haben. Im all so zarten Morgenlichte weilen sie bar jeden Unmuts in der Herrlichkeit und Unbescholtenheit der Göttersphären und benehmen sich in Unschuld und Ergriffenheit wie sie.

Glückselig, wer sich da, sich selber treu, hinauf-
geschwungen zur vollendeten und liebeszarten
Grazie des Himmels, wer der Sehnsucht sich
entbunden und im ewig Guten weilt, das Ich ihm Bin
und das er ist in wunderbarer Übereinkunft mit dem
universenweiten, göttlichen Geschehn.

6.11

Der Herr Bin Ich in allem, was du hier empfindest,
überlegst und tatendrängend ausführst in Erfüllung
deines Sehnens. Hast du dies begriffen, greifst du
nimmer nach dem eigensinnigen Idol, das dich an
den Weltbetrieb verführen und vermarkten will nach
Strich und Faden. Du erscheinst dir als die Front der
göttlichen Manie, sich auf der Erde auszubreiten als
ihr strahlendes Signet der Klugheit, Tapferkeit und
Lebenstüchtigkeit in allen weltlichen Belangen. Nun
gilt es aber, über das im Hier Bewirkte graziös,
gottgläubig und geflissentlich hinauszugehn in
Meine Geistesgründe und damit in die Begründung
deiner selbst, als Wesen der Allherrlichkeit und
Gottesminne, Universenträchtigkeit und Sternen-
mächtigkeit in Mir. Was immer du vollbringst, sei
vehement dem einen Ziele zugewandt in allem
Daseinszauberwerk, Verschmähen und Begreifen:
Mich zu finden, als der redliche, allwirkliche und
liebevolle Seinsgespan, unter dessen Fittich du dich
sicher und aufs Trefflichste geborgen fühlen kannst.
Dein Hier ist der Advent für eine Offenbarung
ohnegleichen, die dir noch bevorsteht und die dich
zum Lichte Meines All-Erbarmens führt an allem,
was das Sein betrifft und was Ich je aus ihm
geschaffen. Denn es ist Mein Wille und Befehl an
Meine Bürgen, in die Einheit aller Dinge heimzuführen, was da ist und was du Bist, was alle sind

und im allweiten Seinserheben offenbaren sollen. Das ist dann das wesentlich Geschmeidige und Überzeugende in aller Welten wirklichem Geschehn. Es wird die Myriaden hoffender Gemüter voll befrieden und das Nonplusultra der Befreiung sein von allen so gepflegten Illusionen in des Lebens Lust und Variete. Der Menschensinn verwandelt sich in ein verklärendes Erkennen der Allwirklichkeit in Meinem Geist und Resümee. Es liegt darin der Wohllaut und die Folgerichtigkeit der Himmelssphären, ein Wonnesein von überragender Bravour und Qualität, das von Meiner Wesensmitte ausgeht und in liebevoller Konsequenz und Zärtlichkeit das All durchströmt in seelenvoller Harmonie.

6.12
Was Methode hat, hat immer auch Genie in seinem Blut, um etwas zu erreichen, was andre nimmermehr erreichen mögen. Die Tugend der Beharrlichkeit wird von Mir nicht umsonst aufs Schicklichste gepriesen, und wer sich ihrer rühmen kann, kommt ohne Zweifel weit voran und wär's durch Aneinanderreihen der Gewinnste vieler Generationen.

Wer immer sagt, Ich will, wird kleine Unbotmässigkeiten nicht beachten und grossen tunlichst aus dem Wege gehn. Das macht, dass sein Errungenes beständig wächst und seine Scheunen sich zum Bersten füllen, derweil manch anderes Gehöft nur lahme Enten züchtet und der Schwindsucht desperaterweis verfällt.

Meine Quellen sind auf jedem Fall von ausgesuchter Reinheit, Transparenz und tonangebendem Bedeuten. Wachheit, Wohlverstand und

Phantasienreichtum sind vonnöten, um unerschütterlich und unerhört erfolgreich vorzugehn. Gerade das jedoch kannst du am allerbesten bei Mir lernen, denn Ich liebte es schon immer, Gewaltiges ins Werk zu setzen und die trägen Massen zu verblüffen mit dem glänzenden Erfolg, den Ich für Mich errungen habe. Was du hingegen anzubieten hast, wird erst von Mir aus seiner Dürftigkeit erhoben. Das nötigt dir Vertrauen und Verbindlichkeit, Ausdauer und markanten Goodwill ab, um mit Mir im Bunde jederzeit aufs Allerschicklichste zu reüssieren.

Mählich wirst du wissend anerkennen müssen, dass dein Bund mit allem, was da ist, dem Meinen haargenau entspricht und sich in weiterführender Potenz behauptet. Nach Noten virtuos ist, was Ich dir, wie eine angefachte Lunte, vor dir Nase halte, um dir zu demonstrieren, dass jetzt gleich ein Feuerwerk von ingeniösen Wundertüten explodiert, das alle Gaffer fulminanterweis begeistert, ohne dass Ich je nach Lob Verlangen hätte.

Jederzeit Bin Ich dir Stütze, Augentrost und redlicher Gewinn in deinen unternehmerischen Beutezügen und behüte dich vor arroganten Widersprüchlichkeiten und Malaisen. Du kommst und hast im Nu gesiegt im Flor der Zeiten, von Mir vor dich hingesetzt und hochgezogen.

Verstrahle nun, was Ich dir Bin, in alle Weiten und gehöre Mir, wie einer, der erkannt hat, dass zwischen Dein und Mein kein Unterschied besteht in der Substanz, die uns beseelt und sicher macht und traulich im Unendlichen.

Alle haben alles Glück in Händen, wenn sie nur geziemend und galant ihr Inneres besehn. Dort wohne Ich in reiner Güte und gelassnem Frieden und ströme dir allzeit des Himmels Heiterkeit und

Labsal, Licht und Wohllaut zu. In der Gedankenstille wirst du Mich und Meines Wesens Zartheit in dir spüren und entzückt der Götterstimme lauschen, die dich ins Elysium von Meinen Gnaden, Meiner Wonne und erquickenden Beseligung entführt.

6.13

Das Verhältnismässige hört bei Mir auf en vogue zu sein, weil Ich in allem ganz und überaus geschickt und gnädig Bin, als in des Seins Potenz, Vermächtnis und Verfügen. Zudem verschenk Ich alles, was Ich Bin, an Meine Bürgen, ohne im Geringsten abzunehmen oder schwach zu werden in der Glorie Meiner göttlichen Struktur. Ich zähle nur bis eins und die Bin Ich in absoluter Hoheit, Heiligkeit und Wohlgefälligkeit allheiteren Benehmens.

Das alles Bist auch du im Überschwang der Zeiten und Gelegenheiten, deines wahren Wesens Flair und Farbe, Himmelsgrazie und Kubatur. Ich denke, als aus einem Guss, in allen Regionen Meiner geographisch- und unendlichen Bezüge. Melancholie ist bei Mir fehl am Platze, wo so viel auf einmal wahrgenommen und gelöst sein muss im kosmischen Gefüge.

Was dich bei Mir erwartet sind Gestilltheit und Geruhsamkeit in corpore, derweil Ich hunderttausend Fäden ziehe meisterlich gestalteter Moral. Denn sie allein vereint, was andere zerteilen, sie führt die Klugen, wie die weniger Begabten, liebevoll zu einem seinsgeschwisterlichen Volk zusammen und gewährt ihm Freude, Frieden, Seelenseligkeit und unerschütterliches Wohl.

6.14

Für gar viele ist das Unverbindliche des Lebens nun vorbei und abgeschlossen und sie sind von Mir gezielt und unerbittlich dazu angehalten, ihren Weg in der Bewusstheit Meiner Gegenwart zu gehn. Das zwingt sie dazu, sich untadelig und redlich, seinsgerecht und loyal Mir gegenüber zu verhalten.

Unmittelbar mit dem, was du in deinem Weltensein vollbringst, vollbringe Ich genau dasselbe, nicht synchron, sondern als Mich selbst in deinem Drang und tätigen Verlangen. Das ist nun eine Eigenart von Mir, die dich erschrecken oder ebenso begeistern kann, weil du damit den Status eines Götterboten und Gesandten des Allherrlichen erlangst, der Ich dir Bin in deinem Alphabet der guten Sitten und Gepflogenheiten, deinem Sinnesein und täglichen Falaria von Gottes Pracht und Privileg. Einmal wirst du im Erkennen deiner selbst Mein sakrosanktes Wesen in dir spüren und damit die Summe allen Seins und aller Seinsgeschicklichkeit erreichen. Ich Bin, wirst du dir sagen und damit den rechten Ausdruck für das Ewige in dir und deinem Selbstbewusstsein finden. Ich in dir und du in Mir, wird damit zum geflügelten und sinngeladnen Wort in deinem Munde und lässt dich an der Krönung deines Menschenschicksals jubilieren.

So süss dein Dasein immer sein mag, unendlich süsser, heiterer und siebenseliger wird es in Mir. Du brauchst es nur zu schauen und dich wie in einem Zwiegespräch mit Mir zu unterhalten, um dem Sein gerecht zu werden, das du Bist seit aller Zeit in Lauterkeit und Liebe, Zartheit, Weisheit, Sicherheit und Allegrie in ewigem Genügen.

6.15

Wohlfahrt und Gediegenheit sind wichtige, glaubwürdige und seriöse Elemente Meines Seins im Seligen. Geradezu Kurpfuscherei wär es zu nennen, wenn Ich nur dem geringsten, unvollkommenen Gehaben darin Raum gewährte. Alles in Mir ist Unbescholtenheit der ersten Klasse, absolute Redlichkeit und eine nimmermüde, geistige Präsenz von allerhöchstem Rang und Namen. Meine Werte lassen sich nicht zählen, zähmen oder züchtigen, derweil Ich Mich geflissentlich, getrost und stetig auf nichts anderes besinne, als auf die Wohlgefälligkeit, Glaubwürdigkeit und überragende Bedeutung Meines Seins, dem alle Welten Achtung und Bewunderung zu zollen haben.

Unbeschwertheit, Lauterkeit und Himmelsgrazie sind Mir gegeben, ebenso wie Trautheit, Zartheit des Beginnens und glückseliges Vollenden jeder Mission, die Ich Mir freudig und erwartungsvoll, bewusst und heiter aufgetragen.

Nichtswürdig wäre das geringste Wanken im Gemüt, wo doch schon alle Zeichen Meines schaffenden Genies auf Vollwert, Meisterschaft, Tradition und strahlender Erfüllung stehn. Wer immer Mir sich naht, erglänzt in einer Reinheit des Gewissens ohnegleichen und gewinnt an Achtung vor sich selbst in unerhörten Massen. Das kommt vom selbstbewussten Gnadenstrom, den Ich in alle Welt versende, dass die Sterblichen darin versinken und in einer gottesgültigen Verwandlung heil, unsterblich, geistgediegen und allherrlich werden im Erschauen ihrer wahren Innigkeit und Perfektion.

Rar und rüstig zugleich sind die hocherhabenen Adepten Meiner kraftgeborenen Synthese zwischen hoch und niedrig, hell und dunkel, lang und kurz zu einer wunderbaren Einheit, deren Meister Ich Mich nenne im Verwalten und Erhalten, Seligsprechen und Beglücken der Myriaden, die sich in Mein Reich und Meinen Reichtum drängen, machtvoll, gläubig und genial.

Du bist nicht nur auserkoren, sondern auch erwählt dazu, Meine Zucht und Himmelszärtlichkeit, Geheimnisse und Raritäten zu erfahren in des Seins markantem und geschwisterlichen Stil. Das macht, dass du dich allsogleich und unbestritten heimisch fühlst in dem, was Ich dir Bin und was Ich laufend unternehme, um dir Herzenswonne, Labsal des Gewissens, Zartheit und der Lieblichkeit Geschmeide zuzuhalten. Mein Gewinke ist der Wind der Hoffnung, der dich alleweil beflügeln soll, dich nur an Mich zu halten vom Auferstehn zur Abendröte deiner Lebenstage, bis dich die Verklärung übermannt und Mein Geistruf deiner ganzen Seele Sein erfüllen wird. Das ist ein Singen, Klingen, Wohlverstehn und Jubilieren ohnegleichen, das mit Abstand überwältigender ist als alles, was du je gesehn. Nun komm und sei in Mir das sakrosankte Kleinod des glückseligen Vereinens mit der göttlichen Bravour und Billigkeit am Sein und Leben, am Bewusstsein, wie an der Begünstigung, die du in Mir erfährst. Sei dir dessen Zeuge hier und dort und überall, getröstet und geheiligt, auferweckt und aufgehoben, frei und mild und mächtig, liebenswert und treu im Wunderbaren.

6.16
Der Gottheit Liebelicht und Sagen dämmert Meinem Sinn im ewig Guten und bewegt Mein Herz zu immer neu erregten Stürmen der Begeisterung am Sein, das Ich bewusst, tranquil, markant und seelenvoll repräsentiere. Ich wache im Unendlichen

seit aller Zeit, derweil noch allzuviele in ihm ihren Part und Auftritt kläglich und von einer wilden Träumerei bezirzt, verschlafen. Das ist Meine wunde Stelle, wie des Siegfrieds Schulterblatt, an der Ich leichthin zu verletzen bin im Menschengarten. Dennoch bleibt, dass Meine Kräfte göttlichen Geblüts und Ursprungs sind und deshalb unerschöpflich und von nichts zu übertreffen. Nimmermehr muss Meine volle Brust von Mangel und Beschränkung reden; kein Quäntchen Meiner selbst war je von Unlust, Unvermögen und Erschöpfung heimgesucht.

Alles, was Ich Bin, geht aus der Fülle Meiner selbst hervor und hebt sich zirkular und zeitenfroh zu immer neuen Höhn empor auf Geistesadlerschwingen, die allwirklich sind und sich salut, topfit und mustergültig im Unendlichen verlieren. Wer wollte nicht versuchen, resolut und seelenselig über sich hinauszugehn? Mir ist es aufs Trefflichste gelungen und die Freude darob ist unsagbar glorios und wunderschön. Bunte Kränze sind en masse für Mich gewunden und begeisterte Bewunderer Myriadenfach um Mich geschart. Das Treffliche erscheint sich selber als gelungen und mit aller Müh versöhnt, die ihm Verbündete und liebevolle Helferin gewesen.

So darfst du Mich getrost zum absoluten Vorbild, Meister und Gewaltigen der Stimmung nehmen, in die Ich Mich versetze durch Mein träfes Tun. Das Übersinnliche beglückt Mich auf den buntgeschmückten himmlischen Chausseen, die Ich Mir in göttlicher Gelassenheit erschreite..

Immer ist Fantastisches und Überschwängliches im Spiel, wo Ich Mich als der Götterbote Meiner selbst gebührend und gelassen präsentiere. Dagegen bist du wie ein Schäumchen auf den

Herrscherwogen, die Ich freudig, figalant und übermächtig durch die Weltenmeere zieh. Partiell mag etwas kollabieren am Riesenaufmarsch Meiner kunterbunt agierenden Gestalten. Doch im Grossgefächerten und Ganzen lässt sich alles prächtig an und vermittelt, was Ich Bin, an alle Meine Bürgen, die in der Seinsgenossenschaft ihr Heil und ihren Anstand, die Berufung und Beförderung, ihr Glück und das Bewusstsein der Allherrlichkeit gefunden haben.

6.17

Hast du begriffen, welche Chance dir daraus erwächst, dass du dir sagen kannst, Ich Bin und dass dir damit etwas Zeitenloses in die Hand gegeben ist, an das du dich gewiss für immer halten kannst. Es wird dein Eigen sein durch sämtliche Verwandlungen, die du erfahren hast und noch erfahren wirst in deinem Dasein, hier wie auch im Unergründlichen und Wunderbaren.

Lernst du, dein Wesens Eigenart in still gesegneten Momenten zu bedenken, so kannst du dich darin als das "Ich Bin der Weg, die Wahrheit und das Leben" resümieren. Das ist dann schon das Selbstgefühl, das die Verklärten und Gottseligen in sich verwirklicht haben. So mache Ich dich in dir selber gross - und zugleich sollst du dich in Mir und Meinem Sein vollkommen eingebettet und geborgen seh'n. Denn Ich umfange dich mit reiner Liebe Strömen, wie die gute Mutter ihres Kindleins Gegenwart umfängt, derweil Ich dich mit Himmelsgüte und Holdseligkeit durchwebe. Warm von Wonne sollst du sein in deinem Innehalten und Dich-selbst-Erfahren als des Seins geliebte Seele, sanft und sicher, mild und wunderbar.

Ist das nicht der Trost des Lebens, wenn du dich im Sein erkennst und dich erfühlen darfst als Seines Wesens graziöses Gegenüber, Gleichnis und unendlicher Gespan. Wer wollte nicht in solcher Gottgefälligkeit und Ebenbildlichkeit im Lande der Erlösten leben und sich seines Daseins freuen in glückseliger Manier. Sieh, es steht dir nichts im Wege, so wie Ich zu sein in unnachahmlicher Bescheidenheit, Verschwiegenheit und Gebefreudigkeit, die Meines Reiches Zierde sind und gütestrahlendes Idol.

Deine Seele ist auf bestem Wege, sich mit Mir und Meinem Sein vollkommen zu vermählen; dann gibt es nur noch Einheit des Gewissens und der Tat, des liebevollen Sich-Durchströmens und des geisterfüllten Daseins in den Höhen der Begeisterung am Sein und Leben, an der Heiterkeit Elysiens, wie am Bewusstsein der Allherrlichkeit, die Ist im Überall der Sterne und Unendlichkeiten ebenso, wie in der Beuge deines Herzens und im Wohl, das dir daraus erwächst im lichterstahlenden Allhier.

6.18
Was immer Ich dir auferlege, ist ein Pappenstil dem gegenüber, was Ich hier zu leisten und schlussendlich zu bemeistern habe. Sämtliche markante Mücken oder Tücken einer Dynastie von brausenden und sausenden, verwinkelten und wirren Welten muss Ich mählich zu Erfolg, geschwisterschaftlichem Gehaben, Gottesfurcht und Wesenstreue führen. Nicht zu spät und nicht zu früh muss Meine Lehre in die Myriaden menschlicher Gemüter dringen, dass sie daran ihren Halt und ihre Labsal finden für ein seinsgerechtes, ehrenhaftes und gezieltes Vorwärtsgehn. Mein

Begründen zu erkennen, zu Mir aufzuschauen, wie Meiner Sendung Wissenschaft und Glorie gewissenhaft und tatenträchtig zu erfüllen, ist die Basis und das Granulat, die Sulze und die Süsse ihrer Wohlfahrt Meiner zu.

Nichts ist für dich so wunderbar bekömmlich und ergiebig, als die Schau auf was Ich dir bedeute und die Vielfalt faszinierender und folgenschwerer Wege, die Ich vor dir ausgebreitet habe. Erschreite sie dir alle im Bewusstsein der All-Güte, die Ich über sie gelegt, um dir zu nützen und dich väterlich und vielfach zu beschützen in den Überlebenskämpfen, Handgemengen und Blockaden, die du zu bestehen hast im Erringen neuer Einsicht, Tugendhaftigkeit, Bewusstheit, Übersicht und Harmonie.

Du gewinnst rasant an Grazie und Lebenstüchtigkeit, indem Ich Mich an dich verströme und mit allem, was du Bist, versöhne in der Liebestat der Niederkunft zu dir und deinen allerliebsten Angelegenheiten. Ich wühl sie auf in dir und würze sie, damit sie deinem hoffenden Gemüt zu einem Teig der Wonne und Bekömmlichkeit, des Anstands und der Leichtigkeit des Himmels werden, dem du unentwegt entgegenstrebst. Leiste dir den Luxus, nur noch Mir und Meiner siegessicheren Allüre anzuhangen und du wirst nimmermehr enttäuscht sein über Eigensinniges, das gänzlich fehl am Platze war im Reim des Lebens, ebenso wie in der Reinheit Meiner Theorie vom Sein und seinen immanenten Gütern. Mach es dir zur Pflicht, an Meinem Vorbild und Verhältnis gross zu werden und den Wanderstab in Meiner Gärten Gang, Wies und Geläufigkeit zu stecken, rüstig, unermüdlich, simultan. Denn Meines Dich-Begleitens kannst du sicher sein auf allen deinen Eskapaden und Verschlungenheiten. Mein Umfangen ist unendlich glorios und führt zu einem Seinsverständnis ohnegleichen, das die Seele mutvoll und glückselig macht im Zauber, den Ich um sie breite, wie in der Vermählung mit dem Göttlichen, die Ich in Sanftmut, Zärtlichkeit und Zuversichtlichkeit an ihr und ihrem Wonnesein vollzieh.

6.19

Wirkungsvoll und wesentlich verteidige Ich, was Ich Bin, in Meinen Gauen, Auen und Besonderheiten himmlischer Natur. Ich trage dir und deinem Hause Meines Seins Befinden an und überhebe Mich nicht, wenn Ich dir besage, dass ein Gottbewusstes Meines Wesens strahlende Struktur durchschimmert und belebt. Locker lasse Ich die Kräfte Meines Seinsbewusstseins in Mir spielen; völlig unbeschwert und heiter trete Ich in einer Vielfalt ohnegleichen vor Mich hin und helle auf, was düster war, beschreibe Unberührtes und beglaubige, was in sich einsam und verlassen Trübsal blies.

Kein Stein steht auf dem andern, wo Ich wie ein Sturmgebraus vorüberging, um allsogleich daraus ein Neues, Menschenfreundlicheres zu erschaffen nach dem Bilde Meiner Zünftigkeit und Zucht, Tatenträchtigkeit und absoluten Redlichkeit daran. Schon längstens ausgemacht ist, was Ich einer Welt der Missgunst und Zerwürfnis schonungslos entbiete: Nämlich die Entdeckung ihres liederlichen Tuns und den Vollzug der ritterlichen Ordnung und Entschiedenheit in Meines Seins erhabenem und gütestrahlendem Revier.

Ausgebracht und eingefahren ist, was Meine seinspotente Absicht und Verfügung war in den Zonen Meines götterlichten Wirkens. Aller Meiner Scherflein Glanz und Wertbeständigkeit trägt unerschütterlich zum Wohl des universenweiten Ganzen und Gediegnen bei, das Ich so hellbewusst und seriös vertrete. Nur Mich zu sein - und ohne Finten und Falaria der Traulichkeit des Himmels zu gehören, ist Mein abergründig Los und Meine Stärke in der seelenvollen Litanei von guten Taten, die Ich an Mir selbst im Weltenepos traulich, siebenzart und glorios vollbringe, wohlgefällig, majestätisch, absichtslos und seinsgediegen.

Zweimal schlucken müssen alle Angeschlagenen, bis sie dies Erhabene à fond verstehn und viermal bis ihr seichter Sachverstand die Genialität begriffen hat, die ihnen Schritt auf Tritt von Mir entgegenkommt in ihrem klaustrophoben Brüten. In Mir wird offenbar, was kluges Überlegen, Transparenz, erhabene Gedanken und bewusster Tatendrang bewirken können. Sie müssen nur von Mir begütet, stilisiert und weise angestossen werden in der Welt der zögernden Gemüter und der, in sich selbst verliebten, Rattenfänger, Kartenzinker und Zeloten.

Ich mach es wahr, dass die Geliebten Meiner Wahl solvent und wohlgemut im selben Saal auf ihren Thronen sitzen und mit Mir das folgerichtige Verwalten ihrer Güter diskutieren. Das bewirkt ein brüderliches Miteinandergehn in Sachen Fortschritt, Tunlichkeit und Weitblick in brisanten Augenblicken des Entscheidens.

Für wen auch immer Ich Partei ergreife, kann gewiss sein, dass Ich es um seiner Wohlfahrt Willen tu. Ins Sein Gelangte sehen sich in eine wachsende Beglückung eingefügt, die ihresgleichen sucht im Feld der scintillierenden Gefühle und der ausgesprochnen Geistesruh. Hier kann sich jeder an der wunderbar gesättigten und wirkungsvollen Harmonie erlaben, die Meine silberhellen Geistesräume ziert und weit und breit das wunderbar bekömmliche Arom der seligen Besinnlichkeit verbreitet in der gleichgestimmten Schar. Was immer du an Glorie und graziösem Wohlverhalten dir errungen hast, überträgt sich auf dein allerwürdigstes Erleben in der Geistkultur, die Ich dir liebevoll entbiete. Es liegt darin die Seinswahrhaftigkeit, die dich in Mir, von Mir und mit dem Segen Meiner herzbewegenden Unendlichkeit begabt. In ihr sich fühlen und erleben, Anhang finden und Holdseligkeit verbreiten, ist die Sehnsucht aller Gläubigen, die dann gestillten Herzens und holdseligen Gemüts in Mir und Meinem hocherhabenen Allhier verweilen.

7

Lauterkeit und Himmelsgrazie sind dir gegeben

7.1

Deine Geistesgegenwart verbindet sich mit Meinen silberglänzenden Strukturen. Wachheit der Gedanken trägt dich delikaterweise himmelan, zusammen mit dem Wohllaut gütestrahlender Ideen, die von Mir ein Zeichen sind des vorwärtsdrängenden Elans, mit dem Ich aller Welten Wirklichkeit galanterweis begabe. Nun gilt es für dich, diesen Einfluss der Geselligkeit und Wohlgemutheit, Unbescholtenheit und Grazie des Himmels tunlichst in dir aufzunehmen, um daraus dein Heil und deine Heiterkeit, dein Herzensglück und deine Wohlgestimmtheit abzuleiten.

Ganz natürlich, ganz gelöst und seligen Lächelns will Ich deine Züge vor Mir sehn, damit sich alle Welt an dir und damit am Geheimnis Meiner Gegenwart ergötzen und befruchten kann. Du trägst in dir das sakrosankte Abbild Meiner Universenpracht geziemend und gehorsam durch den Weltengarten und versuchst beständig, dich an etwas zu erinnern, das dich glücklich, selbstbewusst und sicher machen könnte. Das ist akkurat der lohende Gedanke, dass du Bist und dass Ich in dir Bin der Gott der Andacht vor dem Sein und Leben, wie vor dem Wohllaut der Unendlichkeit, in der Ich Mich bewusst verflute und mit deren wesenhafter Würde Ich dich ohne Zweifel liebevoll begabe. Du bist Meiner Herzenstreue Unterpfand und Elegie, bist Meines Rufens und Berufens Widerhall in Weltenräumen, die Ich Mir zum Schauplatz Meiner Gegenwart erküre.

Wenn du nur immer willst, kann Ich dir ganz gewiss plausibel machen, wie gerüstet und geliebt du von Mir bist, um alle Herrlichkeit der Himmel Meiner Güte zu erfahren und mit Mir in ihnen zu versinken als in einer Seelenwonne sondergleichen. Von Mir angefacht ist sie und ausgetragen, hin- und hergeweht und dir vermählt, als eine Morgengabe der Vergöttlichung, die dich von allem Weltenweh erlöst und in die Traulichkeit der Geistessphären führt, die alle Mir und den Verklärten Meiner Gunst gehören. Wahre Zartheit zieht dich liebelicht hinan, um dich mit der Holdseligkeit und Makellosigkeit Elysiens zu umhegen.

7.2
Mit Voraussicht und Verlangen walle ich getrost in ein unendlich Künftiges hinein von dem Ich weiss: Was auf Mich zukommt, trägt die Züge namenlosen Freiseins von jedwelchen Nöten, denn hinter Mir jedoch verblasst das offene Portal, durch das Ich in die Wohlgefälligkeit Elysiens getreten. Was Mich erwartet, ist die Herrlichkeit der geistesgöttlichen Gefilde, die sich Meinem Seherblick unendlich liebevoll und zart eröffnen in der Schau auf was sie sind in Anmut, Grazie des Himmels und bewohnt von Wesen der Wahrhaftigkeit am Sein und Sich-in-ihm-aufs-Innigste-Erleben.

Erhabne Melodien strömen sich ins lauschende Gehör, derweil die Seinsverklärten voller Anmut vor Mir ihren Ringelreigen tanzen. Alles ist begeisterndes Entzücken, was Ich seh und Zärtlichkeit des Aneinander-sich-Gewöhnens aller Wesen in der Ferne, wie in der beseligenden Näh.

Alles, was Ich lautern Sinns vollbringe, ist beglückendem Gelingen zugetan und was Ich immer unternehme, schreitet königlich voran in Mässigkeit und majestätischem Gebaren. Bringe Mir ein Zweites, das mit soviel Charme und Wohlgesittetheit einhergeht, wie das All der Dinge, die Ich gottesmütterlichen Sinns um Mich gebreitet habe. Alle schöpferkräftigen Ereignisse, die Mich galant umgeben, sind bezaubernd licht und schön und lassen lauter Wohlgefälligkeit am Sein auf ihren Zügen spielen.

Was geschieht, wenn Ich Mich seelenvoll an die Unendlichkeit verströme? Sie flutet siebenfältig wunderbar gestärkt zu Mir zurück und lässt Mich alle Liebenswürdigkeit des Seins in wunderbarer Einigkeit mit Mir erfahren. Nichts mehr brauche Ich zu wünschen, weil alles was Ich je begehrt, in Fülle vor Mir liegt, wie in des Geisterlichtes Strahlen. Eine neue Wirklichkeit genau nach Meinem göttlichen Verfügen hat sich vor Mir aufgetan, derweil Ich Zug um Zug Gestaltungen von reiner Ebenmässigkeit und Grazie generiere. Und alles, was Ich so errichte und erlebe, schenk Ich dir, geliebter Geistgespan, damit dein Menschsein sich zu seliger Gelassenheit erhöhe, ob dem Wunderwerk von guten Taten, das du stiftetest in göttlicher Manier.

Du Bist in Meinem Umkreis und Gelingen ganz dasselbe was Ich Bin und was in Meiner Gunst und Güte sich galant an deine Seite schmiegt, um dich zu Mir und Meiner Seinsglückseligkeit zu führen.

Das ist nun wahr und wirkt und wird es immer bleiben in der Glorie des Herrn der Welten und dem Massstab, den du an dich selbst gelegt in deinem vollbewussten, triumphierenden und dankerfüllten menschengöttlichen Gebaren.

7.3
Und so ist alles, was Ich Bin, ein grandios gefächertes Vereinen von Myriaden Gegen-sätzlichkeiten unter einem Dach und Fach: dem Sein, dem Ich Mein ganzes Feuerwerk von wesenhafter Wirklichkeit entnehme. Was motiviert Mich dazu, solchen

Riesenaufwand zu betreiben, der von Mir ausgeht und gerechterweis auch wieder heimkehrt in Mein überwältigendes Alles-als-Mich-selbst-Empfinden? Aberwilliger Schöpferdrang ist es, der Mich dazu verführt, das Geistesmeer der hunderttausend Seligkeiten schmählich zu verlassen, um Mich in zig Probleme, Unvollkommenheiten und Befürchtungen zu stürzen in des Weltenbundes Schabernack und Resümee. Wer wollte Mir verwehren, weniger zu sein, als Ich schon war und dennoch als ein Mehr aus ihm hervorzugehn mit deutlichem Gewinn an Seriosität, Geschwisterschaftlichkeit und liebevollem Mich-in-alle-Wirklichkeiten-Tragen, die Ich Mir erschuf.

Da bleibt Mir nichts Geringeres zu tun, als alles, was da ist, herzinnig zu bejahen und ihm Meinen Stempel der beglückenden Geduld und Grazie des Himmels aufzuprägen, ohne jeden Eigensinn und jedes eigenbrötlerische und verstiegene Verhalten.

Dabei finde Ich besonderen Gefallen an der eignen Liebenswürdigkeit und Würde, mit denen Ich das Wunderwerk der Genesis vollzieh, um alles in das Licht Elysiens zu stellen, von dem es ausging und zu dem es wiederkehrt in namenlosen Freuden.

Ja, so Bin Ich und beschwere Mich nicht mehr über die Ereignisse, die Ich geflissentlich heraufbeschwöre. Sind sie noch so händelsüchtig und verschroben, immer wohnt in ihnen die Tendenz, Verruchtes und Versuchtes gut zu machen und emporzuheben zu sich selbst, das heisst zu Mir, der Ich es Bin, in einem Feuerwerk von hunderttausend Gnaden.

Lass es dir gesagt sein, dass das allerschicklichstes Motiv für alles, was du tust und in die Tage drängelst, Meine Wunde ist, die Ich zu heilen Mich beeile, wie an dir, so auch am Überall der Welten, denen Ich Gestalt und Hoffnung, Weisheit, Weitsicht, Glorie und Glanz vergab.

Nach der Meinung der Gelehrten Bin Ich nicht, was Ich Mir Bin, in ihnen. Doch da muss sich jemand täuschen, sie oder Ich - und beide lächeln still in sich hinein, weil sie partout in ihrem Sich-Besinnen Recht behalten wollen. Da erheb Ich Mich zur generösen Geste des Vergebens und gestatte jedem, so zu sein, wie er nur immer will in seinem Über-sich-Verfügen. Eine leise Wehmut fällt Mich an, doch dann ermanne Ich Mich dazu, unbeirrt in die Erhabenheit Elysiens zu steigen, die Mein Ein und Alles ist in wunderbar beglückenden und wonnevollen Massen. Seligkeit an sich Bin Ich, so will Mir scheinen und Begeisterung am Sein und Sinnen, Wachen und In-alle-Himmelweiten-Streben.

Das ist nun Mein Epos und Gelingen, Meine Redlichkeit, Mein Ruhm und Meine Wohlgefälligkeit an allem, was Ich Mir im Sein dezenterweis errungen habe.

7.4

Vorab die wundervoll gesättigte und fabelhafte Wesensruh, in der Ich Mich befinde. Es hat die Nacht mich hingebracht und nun bringt Mich der Morgen sanft und sachte wieder her in die gewohnten Weltengründe, die so viel Hektik, durcheinanderpurzelnde Dynamik, Resolutheit und Bewegtheit in sich tragen. Was Ich ihnen schenke, ist der Adel des Erlebens, den Ich, aus dem Ewigen zurückgekommen, noch wie Honigtau in Mir verspüre.

Nicht mein Wille, doch der Deine sei voll Verve und Wirksamkeit in Mich gelegt, ist Meine Bitte an den

Universenvater, dessen letzte, zierlichste und zärtlichste Verästelung Ich selber Bin und unverwüstlich, redlich, gütig und gottselig ewig bleibe. Resonanz Bin Ich von einer wunderbar gesegneten und seelenvollen Schwingung der Unendlichkeit, die Mich wie nichts belebt und liebevollerweise hegt und pflegt in Meiner Andacht vor dem Unergründlichen, die Ich geflissentlich und innig vor Mir selber inszeniere.

Ich lass es zu, dass sich die Meinen in die unwahrscheinlichsten, verzwicktesten und selbstgewollten Fährnisse begeben, die ihnen an das Ganze gehn und sie gebieterisch zur Umkehr zwingen. Das führt sie dann in zahmere Gewässer und verhaltenere Episoden, die ihnen besser und beglückender bekommen, als die eben noch erlebten. Der Ansatz aber, Stoss und Sprung zu allem ist von Mir gegeben und geführt und von Mir aus der Taufe in die wundervollste Traktion geschoben. Ist dir all dies sonnenklar, so wirst du dich kaum mehr verwundern, wenn es majestätische und giganteske Züge in sich trägt, die hoch hinaus und tief hinunter wollen, um aufs Allerschicklichste vor Mir zu bestehn. Alles, was Ich in den Welten Bin, will sich beständig und bewusst, gekonnt und leidenschaftlich überbieten, doch im Hintergründigen bewahre und bewache Ich Mich selber als das Sein im Sein, das niemals sich vergibt und weder Stunde, Raum, noch Richtung kennt, derweil es ruhigen Gewissens glanzvoll und glückselig in sich selber ruht, vom Schweigen der Unendlichkeit dahingetragen.

Das ist nun die bedeutungsvolle Perspektive, die Ich dir geruhsam und gekonnt vors schauende Gemüte lege. Nimm sie auf in dein beredtes Sinnen, wie du immer willst, doch wie Ichs wünsche immerfort zu deinem innigsten und allerwürdigsten Behagen.

7.5

Vertraute Stimmen klingen Mir im Universenraum entgegen, der Mein allerliebster Aufenthalt und Meine Stätte des Erbarmens ist am abergrandiosen Werk, das Ich in ihm getan. Ich zolle Mir in aller Seinsgenossenschaft unendliches Bewundern an allem, was da ist und sich verkreist und atmet, heiter ist und zuversichtlich, gläubig und loyal.
Meine Welten passen, wie ein Riesenpuzzle, fugenlos zusammen und ergänzen sich zu einem auserlesnen Resumee von wirklichen Gefälligkeiten. Das ist nun Meines Seinsbewusstseins Aufenthalt und überragendes Bedeuten, dem Ich alle Sorgfalt, Wohlgesonnenheit und Achtung angedeihen lasse. Denn es ist ein Selbstverständliches im Sinn der Evolution der Massen, dass Ich ihnen gut Bin und geschmeidig, hilfreich, väterlich und ministral.
Wesenhaftes muss die Wesen inspirieren, dass sie zu sich selber kommen und dem Überkommenen ihr Eigenes hinzuzufügen wissen. Daraus soll ein Weltenfortschritt und befriedigendes Resultat entstehn, an dem sich alle freuen und begeistern können, die da sind und sind Mein Eigen, Meine Supplesse und erhabene Gewähr.
Sehr daran gelegen ist es Mir, das alles überstrahlende Ich Bin als eine Geistessonne in die Mitte Meiner selbst und in das Wohl und Wehe aller Dinge und Ereignisse zu stellen, an denen Ich Mein überwältigendes Seinsgefallen finde. Es ist so wahr, dass Ich und alle ihre Wohlfahrt aus sich selber generieren und dabei von Meiner Weltengüte und

Gelassenheit, Erhabenheit und liebevollen Anteilnahme profitieren. Recke dich und strecke dich Mir zu, ermahn Ich dich im Bogen der Unendlichkeit, der allen zukommt, die sich Mir verpflichtet fühlen. Denn alles, was Ich Bin und unternehme, ist zu deinem Heil gedacht und zum Erlösen deiner Kräfte ins Gewahren der unendlichen Zusammenhänge, die dich mit der Geisteswelt verbinden im ereignisvollen und von Mir beseelten und behaupteten Allhier. Teile mit Mir Harmonie und Herzensfrieden in der Folge der Erkenntnis deiner selbst als Es, das allem innewohnt und dem die grössten Geister Ehrfurcht, Achtung und Bewunderung zollen. Was ist beglückender, als in des Seinserkennens Melodie die Wonne der Verklärten und Gottseligen zu spüren? Trage dieses Bild als eine vaterländische Ikone stets in deinem Seelenauge vor dir her, damit du an ihm selig und beschaulich wirst und alle deine Nöte mählich hinter dir verschwinden. Deine Zukunft ist in Mir und Meiner Mutterkraft gegeben, die sich aller ihrer Kinder kosmischen Gemüts erbarmt und ihnen Heil und Liebe angedeihen lässt von Herzensgrund, spontaner Güte, Seinsgeselligkeit und liebelächelndem Befrieden.

7.6

Ich schärfe dir noch ein, aus ganzer Seele und mit allen deinen Kräften, Mir und Meinem sakrosankten Wesen anzuhangen. Heilige den Tag, indem du deine Herzensstimme Zug um Zug zu Mir erhebst, wann immer es dich ankommt, eine Bitte auszusprechen oder auch ein seelenvolles Lob.

Halte es für deine Pflicht, ununterbrochen mit Mir in Kontakt zu bleiben, um der Gottesgüte Willen, die Ich dir konstant verströme. Alle Wege sind dir offen, hin zu Meiner Generosität und Freundlichkeit im Spenden Meiner Gaben. Licht vom Gotteslicht will Ich dir bringen, Weisheit von des Höchsten Thron und Seinswahrhaftigkeit, die dich beflügeln soll zu wundervollen Liebestaten.

Erhebst du dich, Bin Ich dir hundertfach gewogen und geleite dich ins Reich der gütestrahlenden Gottseligkeit und Minne am elysischen Geschehn. Gestillt ist, was du suchtest, geläutert jedes Fehl, und alles ist in dir der Wohlgefälligkeit des Himmels und Erhabenheit des Seinsgefühls anheimgegeben.

7.7

Gestorben ist noch keiner, muss Ich sagen, wenn Ich Meine wahre Wirklichkeit bedenke, die da ist dem Sein entsprungen und von ihm auf ewigem Trab und Trachten, Argonautenzug und Zirkular gehalten. In Fälligkeit ist das Verhängnis einer Illusion, die mit der Sünde des Sich-selbst-Erhebens einer Geisterschar in die Ideenwelt der Menschheit eingezogen ist und noch bis heute fabelhaft floriert in den betrogenen Gemütern.

Das Geisteswesen Christi war ja niemals tot. Es stieg, wie längst geschrieben steht, zur Unterwelt hinab und machte sich dann wieder sichtbar in dem Auferstehungsleibe. Das ist nun die Wahrheit, die für alle Menschenwesen gilt, dass sie als Geister in den Menschenkörpern wohnen, die ihnen von Mir zum Geschenk gemacht und eingerichtet wurden. Deswegen bist nicht du Natur, sondern Ich und du bist eingebettet in ihr Wesen, um dich als Geistmensch zu entfalten und dir selbst in Meinem Licht den letzten Schliff zu geben.

Die Sage von dem Tod wird so zum Kauderwelsch und Missverstand für Millionen und führt zu völlig unbegründeten und maledetten Ängsten in den scheidenden Gemütern.

Was du Bist ist demnach von Mir voll in deine Hand gegeben und wird sich nimmermehr verflüchtigen, es sei denn hin zu Mir, um schliesslich ganz in Meinem Sein und Wesen aufzugehn. Dann bist du Mich in einer Wohlgefälligkeit und Glorie ohnegleichen, als deren Mitte, Umkreis, Universenfülle und gestaltender Elan Ich alles unterschreibe, was da ist, als die all-einige Gewissheit und Gottseligkeit, von der die Menschenvölker noch geflissentlich und sehnlich träumen.

Demnach nimm dir nur das eine vor, von Mir zum Lichte der Erkenntnis hingeführt zu werden, dass du Bist des Seins Realwert, Tabernakel, Manifest und seligmachende Gebärde. Sie ist es, die dich behutsam in den Himmel des Entzückens aufhebt und sich dir vermählt im kosmischen Bewusstsein, dem die Geisteswesen alle angehören. Heil und Helle, Heiligkeit und Fülle der Allherrlichkeit sind dir zum Brautgeschenk gegeben, das dich fortan ziert und aller Himmelszärtlichkeit Gewinn, Gewoge, Wonne und Entzücken ist im einigen Glückseligsein in Mir.

7.8
Magerwiesen gleich sind himmlische Gefilde, in sich selber bunt und maienschön. Ich vertrete diese Ansicht, weil Ich sie von Angesicht zu Angesicht und Augenblinzeln selbst gesehen habe. Tatsächlich sind sie heurig, unverbraucht, manierlich, top und voller Grazie gediehen. Ein Konzept von ausgesuchter Raffinesse, Bodenständigkeit und Virtuo-

sität im Farbgestalten und Verwalten liegt dem Gartenzauberreich zugrunde, das die Seinsverklärten, hoch entzückt und zärtlichen Empfindens, vor sich sehn.

Ich liebe es, wenn soviel gläubige und gutgesinnte Herzen seinem Charme und seiner Schönheit sich getrost, gutgläubig, loyal und liebevoll ergeben. Keine noch so inhaltsreiche Predigt kann den Reiz beschreiben, den sein strahlendes Erblühn auf alle in ihm leichterdings lustwandelnden Gemüter ausübt und sie mit Holdseligkeit begabt ob dem so wundervollen Auftritt, den es den beglückten Wanderern bewusst gewährt.

Des bin Ich sicher, dass noch viele Generationen von Im-Herrn-Gesegneten am Duft und Wohlgeruch der Gottesgärten sich ergötzen und erfreuen werden. Das geschieht in der geliebten Huld des Ewigen, die ihnen dort wie ein begütigendes Sommersonnenwindchen mild und zärlich, sanft und seelenvoll entgegendriftet. Damit sind sie fähig, die Geliebten Gottes ganz für sich und ihre Anmut zu gewinnen in dem Wunderbaren, das die Bürger zweier Welten dort umgibt und leise und gedankenvoll umflutet.

Selig, unbeschwert und siegessicher schallt das Jubilieren der Gefiederten ins offene Gehör der lauschenden Gemeinde vollbewusster Geister, die sich das Schauspiel der holdseligen Genügsamkeit am Sein und Sinnen sachte zu Gemüte führen. Sie selber sind Gestillte der Natürlichkeit und Wonne, Lust und Lieblichkeit der Sphären, die sich ihnen dort entgegenträgt, derweil sie staunend und erwartungsvoll durchs Unwahrscheinliche flanieren.

Das ist nun Mein Verfügen und Vergnügen an der holden, goldnen Schar der ins Elysium Entrückten, die Ich noch so gern mit Meinem Hirtenamt betreue und Mich niemals scheue, jedes Einzelne der edlen Wesen recht vertrauensvoll, gutmütig und gewandt mit Meiner Gegenwart und Glorie zu beglücken bis zum Geht-nicht-mehr. Das genügt, um ihren Aufenthalt im Paradies zur Grazie und Wohl-gefälligkeit zu stilisieren, wie es ihnen auch gebührt in ihrem Sich-Verwundern-und-beseligt-ihres-Weges-für-bass-Gehn.

7.9

Die Geschichte Meines Seins beginnt im Nirgendwo und Nirgendwann und endet nie und nimmer - in sich selber unerschöpflich strahlend, licht und schön. Was Ich hier von Mir erzähle, lüftet einen winzig kleinen Ausschnitt aus dem Weltenepos, das seit Ururzeit geschieht und dem Ich Meine Stimme, Mein Gehör, Mein Herzblut und Mein Ein und Alles weihe, ohne je zu zögern oder zu verzagen.

Ich Bin in ihm der Raum, die Raute, das Gefäss, die Überschrift und jede Zeile der Erzählung Meines Schicksals, das da abgehandelt wird und lebt und wogt in abermillionen Wirklichkeiten, die sich wie rote Fäden kreuz und quer und lang und breit durch Mein ereignisvolles Dasein ziehn.

Da gibt es im äonenlangen Raufen kein Verschnaufen, sich Besinnen oder Stillestehn. Alles ist vom vorwärtsdrängenden Elan getrieben, den Ich Mir vor Urzeit auf die Fahne schrieb und dem Ich treu geblieben Bin durch alle noch so schwierigen, gefährlichen und anspruchsvollen Episoden. Was Mich ganz besonders ziert, sind offensichtlich Meine Würde und Mein Weltmass, die Ich Mir bewusst und tatenträchtig, situationsgerecht und tapfer zugelegt und anerzogen habe.

So Bin Ich das geworden, was Ich Bin und dem Ich in der Folge wieder leichten Sinns und Sagens, unbeschwert und liebevoll entsage. Vorgesehen ist, dass alle Aktionen und Erweiterungen, Stellungnahmen und Befehle einstens in den Frieden und das grosse Schweigen münden, die Ich Mir so taubentänzerisch ersehne.

Das ist nun im Übermass geschehn und zeitigt spiegelblanke Seinsglückseligkeit und Wohlfahrt, an denen Ich Mich in den so Begabten innig, selbstbewusst und feierlich erlabe. All so zieht sich Mein Befinden ins Unendliche und Wohlbekömmliche der Himmelssphären, die Mich noch so gern in ihren Weiten, Wundern, Heiterkeiten und Erfrischungen willkommen heissen.

Nichts Weiteres will Ich erwähnen von der Episode Meines Seins, die Ich mit Lust und List und langem Atem schicklich, taufrisch und genüsslich vorgetragen.

7.10
Kontinente seh Ich sachte auseinanderdriften im Äonenweltenzeitenspiel. So driften auch die Meinungen der Menschenwesen auseinander, sammeln sich in Völkerstämmen wieder und behaupten sich in ihrer Eigenart, von Engeln angeführt und angetrieben. So auch die Einzelnen in ihren ungestümen und markanten Wesenskräften über Generationen, Wandlungen und Neugeburten hin. Ich seh ihr Eigenes sich sachte in die Fleischeshülle für die Lebenszeit begeben, seh, wie sie ihr sanft entwachsen, um im Geistigen an ihrem Schicksal weiter zu gedeihen, bis es wieder schicklich ist, in einem neuen Leibe neue Weltenforderungen zu bestehn.

Was nicht ist, kann werden, steht in Mein unendliches Gemüt geschrieben, und so leite Ich und ziehe Ich die Menschenwesen in Mir höherer Gangart, Glaubwürdigkeit und Grazie entgegen. Das wallt und waltet nun im Zeitlichen voran, bis die getreuen Geister im Sich-selbst-Erkennen sich ins Sein zurückgefunden haben. Grossem Staunen und Erwachen folgt die Gnade der Glückseligkeit, die allem innewohnt, was ist und die sich allen offenbaren will in gottesmütterlich gesegneter Manier.

7.11

Wohlan, es mehren sich die Zeichen, dass Ich Bin der sakrosankte, allem überlegene Vertraute und Gebieter Meiner selbst in allen Daseinsregionen. Nichts ist ausser Mir, was nicht auch in Mir wäre. Mein Bewusstsein ist das Äusserste im Sternenraumen und zugleich das Innigste in jedem manifesten Wesen als Mein Zeugnis im unendlichen Mich-Verfluten.

Jeder Tag, der aus sich selber sich bestreitet, überholt den Vortag all so lange, bis das Weltgeschehn in Meinem Sein und Sinnen sich in Andacht und Entschiedenheit, Versöhnlichkeit und Wahrheit wieder findet, viel erhabener und wunderbarer als zuvor.

Das bedeutet, dass die Zeit dem reinen Sein beständig hintennachhinkt und sich selber ad absurdum führt in ihrem virulenten Wüten. Hinter ihr liegt die Zerstörung des Vergangenen und vor ihr das unendlich feine, unerschütterlich geheime und erhabene Ich Bin, von dem sie ausgeht und zu dem sie wiederkehren muss in ihrem grandiosen Sich-Verkreisen.

Nun zu dir in deinem Sinngehalt und seelenvollen Dich-an-deine-Welt-Vergluten. Einmal wirst du arm und mittelos vor der Entscheidung stehn: Was nun im Brachland, das ich um mich her gebreitet habe? Da weisst du unvermittelt, dass du stürzest dich hinein, als Same deiner selbst, der Ernte harrend, die aus dir hervorgeht in der Fruchtbarkeit der Tage, die dir sind vom Sein beschieden.

Was ist nun das höchste Gut, um das sich Welten, Kapriolen schlagend und sich selbst entsagend, kümmern sollten? Nichts weniger als das, was Ich Mir Bin im unvermittelbaren Sein und Mich-Erleben als die lautere Glückseligkeit in einer Einheit ohnegleichen, die das Myriadenfältige in sich versammelt und hereinholt in die höchsten Sphären. Erdenwallendes wird himmlisch im Erkennen seiner selbst, als Mich und damit als erhaben über allen Nöten. Es vereinen sich in Mir die auserlesenen Gemüter, die sich seinsbewusst und siegessicher auf den Weg in Meine Gründe und Mein gütestrahlendes Revier begeben haben. Ich empfange und umfange sie auf ihrer Heimkehr mit dem Zoll unendlich reicher Gaben, die noch jedem strahlende Beglückung und Holdseligkeit bereiten im beseelten Geistesmeer, in das sie staunend eingetreten.

Das ist nun Meines Sagens Sinn und Quintessenz, die alle Seinsgeborenen galant und würdig in sich tragen. Evviva, mach es ebenso und sei erlitten und erlöst, gebunden und gelöst in Meiner Wirklichkeit und Meinem universenweiten Seinsbegaben.

7.12
Kennst du die Wirkung deiner grossgesprochenen Parolen, wirst du mit ihnen voller Vorsicht umgehn

im Bestreiten deiner Erdentage. Denn Ich verwende sie als Ausfluss deiner scintillierenden Gedanken allsogleich zu deinem Besten oder eben recht Betrüblichen in deines Daseins Wunderwerk und wunderfitzigem Gehaben.

Wo's lang geht, muss es auch in Meine Breiten strömen, wobei Ich unverblümt die richtungweisenden Akzente setze in den trotzgewandten oder lauschenden Gemütern, deren brodelnder Gehalt zum Wohle oder Wehe führt im Kreise Meiner Lieben.

Raffe dich zusammen und erstrebe täglich, stündlich, was der Welt, wie dir, von wahrem Nutzen ist im Himmelslichte das Ich jedem selbstlos offeriere. Nichts soll mickerig und schadenfroh, inhuman und herzlos sein, was du dir denkst und demgemäss verrichtest im gewählten Laborieren, Richten und Bestehn.

Empfang aus Meinen liebevollen Händen aller Güte Seim, den Ich seit Ewigkeit für dich erlesen. Verwandle, was du Bist, in Liebestrautheit und Bewunderung Mir gegenüber, die Ich noch so gern aufs Wohlbekömmlichste erwidere aus Meinem Freimut und dezenten Mich-Verströmen.

Wie ein schüchtern Vögelein bist du in Meine Hand gegeben, allsogleich wie du tiefinniges Vertrauen fassest in Mein Resumee von meisterlich gerundeten, gesundenden, beseligenden Taten. Öffne dich dem rigorosen Anspruch, den Ich an dich stelle und sei wohlbesonnen und galant Mein Seinsgefährte in der Schau auf was du Bist in deines Wesens Mitte und Talar.

Reise du das Köstliche und Wohlbekömmliche voll Eifer an im Gottesgarten, der deiner Seele vorliegt als erschütterndes Juwel. Lass dich weder links noch rechts an deinem Weg von Mogelpackungen verführen, aber gleite wie auf Schienen schnurgerad und schicklich, seelenvoll und konsequent dahin, wo Meine Ufer dich willkommen heissen und dein Glück besiegeln, als das Meine in der Universenpracht, wie in des Herzens wunderbar gesegnetem und makellosem Angewöhnen.

7.13

Ernsthaft diskutieren lässt sich nur mit Mir über die Gewinne und Verluste, die Mein Sein betreffen durch das Gottesjahr. Was ist Erfolg, sollst du dich fragen, in des Lebens vielverzweigtem Gnadenstrom? Da wird es dich erschüttern, wenn du einsiehst, dass nur wirklich zählt, was dich Mir näher bringt, der Ich im Sternenfunkeln, wie in jedes Wesens Mitte, Gral und Tabernakel wohne.

Wie soll man sich der Gottheit nähern, die man weder sieht, noch hört, noch mit der spitzigen Pinzette fassen kann, vorab im wissenschaftlichen Getriebe? In der Seele sanft und seelenvoll gewordenem Empfinden, meine Ich, wirst du die Perle der Gottseligkeit und Stärke finden, deren Glanz das Weltendasein wie die Sonne überstrahlt und deines Herzens Reich und Reichtum mit dem Licht des Ewigen begabt in wonnevollen Zügen.

Das ist nun Mein Sein, dem alles zugeordnet ist, was ist und das das Menschenvolk in seinem Tun beflügelt und belebt, betreut und -als ein kostbar Angebinde- Seinsbewusstsein schafft in den erhobenen Gemütern. Alles nicht von hier, will Ich dir sagen, sondern von den vielgepriesnen und als sakrosankt erwiesnen Geistessphären, die hoch über allem Deuteln, Räsonieren und akribischen Erforschen stehn. Tritt ein in sie bedeut Ich dir im Ernst und im Vertrauen, das du Mir bewusst entgegenbringst in deinen Nöten, deinem Dich-Ertöten, wie dem Wunderwerk der Phantasie, die neue Werte schafft, Wahrhaftigkeiten und Gewinste blütenzart in seligmachender Manier.

"Ich Bin Dein" wirst du geneigt sein, Mir zu sagen und „Ich Bin in dir", tönt es bescheiden, leise, licht und lichterloh aus deinem Innern in das selig lauschende Gemüt. Vernimmst du es, wirst du dich wie im Paradiese fühlen als in der Wohlgefälligkeit Elysiens, wie im beseelten Raum der Himmelszärtlichkeit, in die Ich die Geliebten Meines Seins entführe.

Ohne jeden Vorbehalt wirst du Mein Bruder, Meine Schwester, Meine Tochter und Mein Söhnchen sein, in einer neu erwachten Zeit, die eben jetzt dein Haupt und dein Geschick berührt mit ihrem liebevollen Sich-an-alle-Welt-Verströmen. Du bist mittendrin und kannst noch kaum das Unbeschreibliche erahnen, das dich überflutet, als aus dem Sternenreich an dich vergeben und von dir gespürt in Wachheit, Heiterkeit und wonnevollem Frieden.

7.14
Geheimnisvolle Züge nehm Ich immer an, wenn Ich Mich in Mein Weltensein begebe, um dort für Recht und Ordnung, Auserlesenheit und Tapferkeit zu sorgen. Aberviele wissen nicht, ob Ich nun wirklich da Bin oder eben nur in ihren Sehnsuchtszügen existiere. Ihr fluktuierendes Gewissen setzt die Grenzen des Erkennens einmal weit nach vorn und sogleich wieder ins bescheidne Hinterland, wo sich die Füchse und die Hasen freundlich gute Nacht entbieten. Ich aber höre niemals auf, dein geistig Wesen liebevoll, geduldig, licht und zärtlich als mein Eignes zu umschwärmen, das in der Wirrsal seiner

Welt verloren ist und unter Ächzen, Not und Pein, des Gotteswirkens unklug, in den Tag hineinlebt, jämmerlich banal. Da muss Ich Mich ja über sie erheben und ihnen Hilfe, Warnung und herzinnige Belebung senden. Kärglich ist ihr Sich-Besinnen auf das Wesentliche und Wahrhaftige in ihres Daseins unerquicklichem Befund, an dem sie sich an allen Ecken, Enden und Behinderungen stossen. Da flecht Ich wundertätige Gedankengänge in ihr sinnendes Gemüt, an denen sie schlussendlich Halt und Redlichkeit, Holdseligkeit und Gottesminne finden. Ihnen wird allmählich klar, wohin sie sich zu wenden haben, wenn sie wirklich Fortschritt, Feingefühl fürs Geistige und Grazie des Allerhöchsten in ihr Leben bringen wollen. Das ist dann ihrer Seelenrettung Anfang und das Ende ihrer Zwitterhaftigkeit und ihrer kümmerlichen Herzensqualen. Sie schreiten frohen Mutes auf dem Pfad der Zuversicht und des Vertrauens dem Unendlichen entgegen, das Ich Bin und das sie sind in der Verklärung und Verinnerlichung ihres Menschenwesens. Gottes Wesen wird es sein, sowie sie sich erkennen als das unerschütterlich erhabene und sakrosankte Eine, das mit seiner Macht und Glorie den Universenraum regiert und aller Welten Meister ist und Kenner, Könner und Beförderer in wunderbar beglückender Manie.

7.15
Vom Himmel hoch da komm Ich her, zu sagen was Ich von ihm weiss und selig wissend in Mir trage. Eine Spur von lichter Klarheit lädt Mich dazu ein, von einer Helle zu berichten, die wunderbarerweise

alles überstrahlt, was sich dem Schauen sanfte präsentiert.

Was daraus resultiert, ist eine Seelenwohlfahrt ohnegleichen, die von den Weiten des Bewusstseins rührt, in die Ich Mich vertrauensvoll begebe. Geklärten Sinnens tret Ich aus dem Zauberreich hervor, das allen dort Vereinten eine Würde und Beseligung verleiht von allerhöchsten Graden. Nimm hin, was Ich dir gebe, raunt Mir eine Herzensstimme zu in dieser Stunde des Erhoben- und Erhabenseins in eine Geistwelt von berückender Serenität und Grazie im liebevollen Unterweisen. Was Mir nun innewohnt, ist eine Fülle von begehrenswerten Qualitäten, die dem reinen Sein entspringen und sich Weisheit, Wachheit, Lauterkeit und Liebe nennen am Geschick, das Meines Daseins Führer und Verbündeter, Befruchter und Beweger ist in unerhört ereignisvollen Massen.

Als ginge Ich von hinnen, weitet Mein Bewusstsein sich ins Aberräumliche der Sphären der Allherrlichkeit, die den Verklärten Hort und Heimat sind auf ewig in des reinen Seins Gewissen und Regie. Da ist ein Kommen und ein Gehn und ein entzücktes Bleiben, das die staunenden Gemüter aufs entschiedenste geniessen und sich als des Wertes würdig, dankbar und bewusst erweisen, der ihnen aus des Gottes Grazie in milder Minne zuströmt im gesegneten Allhier.

Still und närrisch zugleich dürfen die zu solchem Sein Erwählten in sich selbst und damit in des Allerhöchsten Glorie verweilen und den Siegeslauf in Seligkeit vollenden, der sie in Elysiens Gärten führt, wo sich ihnen hehre Pracht und Süsse, wie ein Brautgeschenk aus zarter Hand und übervollem Herzen offenbart.

Das ist nun der Inbegriff des Guten und Geschmeidigen, das dir im Jenseits aller Dinge widerfährt, wenn du es leichterdings und liebevoll betreten. Rüste dich dazu und sei Mein eigen in der Stunde der Erwählung und Errettung aus entschieden dräuender Gefahr. Willst du Mein sein, Bist du es bereits in wonnevollen Zügen und vermählst dich mit dem Unaussprechlichen, das in dir wohnt und auf dich wartet in erhaben seinsgeduldiger Manier. Dich ihm innig zu vereinen, bist du da und darfst in ihm des hellen Liebeshimmels Sterne zählen. Du Bist und ragst damit in Meines Seins Unendlichkeit hinein, wo Friede, Harmonie, Gottseligkeit und ewige Freude dir Begleiter sind und liebelächelnde Gespanen.

7.16
Grandiose Stille waltet in der Unermesslichkeit des Seins, in der Ich Mich befinde. Mächtig, übermächtig wallt der Geist der Wahrheit und der blühenden Wahrhaftigkeit durch Meine seelenvollen Tiefen. Was Wunder, wenn die seidenweiche Unberührtheit Meines Wesens sich in immanenten Seligkeiten geisteswach und glorios verliert, so wie sich silberhelle Harfentöne in den Himmelsweiten federleicht verlieren.

Seinsgedanke reiht sich an Gedanke in den Sphären Meines Selbstbewusstseins, sinngebärend, selig und erhaben, Ausdruck findend im gestaltenden Elan, der sie beflügelt und beseelt zu unerhört bedeutungsvollen Taten. Innen wird zu aussen, Raumeslicht zu Raumempfinden; Augenmass für sich verkreisende, lichtvolle Geistesbastionen und Geschehnisse ersteht in allgewaltigen Dimensionen.

Innen aber räkelt und behauptet sich die makellose Ruh. Es hat ein Wesen seine Schwingen sanft und seelenvoll um sich gelegt, und in der Andacht feierlicher Harmonie versinnt es eine Ewigkeit in wachem und glückseligem In-sich-Verweilen.

7.17

Wohlan, Mir wird es nimmer an Versorgung, sicherem Geleit und Herzensgüte fehlen. Adlige Gedanken, Wachsamkeit, Beharrlichkeit und unerschöpfliche Ressourcen sind die grandiose Basis und Ranküre für Mein Tun. Ich schlittle nie in Schulden, ebne Meine Wege mit zufrieden rollendem Bedacht und mit der Zuversicht der Gottesboten, die von Seinslust, meisterlichem Vorgehn wie von tätiger Gewandtheit was verstehn. Mir blüht Gerechtsein an Mir selbst, weil es der Same ist, den Ich bewusst und bravourös um Meine Bastion verbreite. Meine Felder hab Ich mit dem Pflug der Hoffnung, Heiterkeit und Regsamkeit durchstossen, dass von ihnen gute, frische Frucht und makellose Ernte zu gegebner Zeit erwartet werden kann. Sie allhin zu verteilen ist Mir seinsbeseelte Pflicht und wunderbare Selbstverständlichkeit in gotteswürdiger Manier.

Aus dieser Perspektive will Ich dich gekonnt, lehrmeisterlich und majestätischen Gehabens fragen, was wohl von alledem, was Mein Besitztum, Mein Mich-selbst-Verschenken, Meine Genialität und Mein bewundernswertes Brauchtum ist, dir zugehört an eigenem Befund, betörender Brisanz und Überzeugtheit des Gewissens? Gar nichts, wenn du es recht und glaubhaft, füllig und final bedenkst in deinem Orgueil, dich recht vorteilhaft, gerissen und bewundernswert vor aller Welt zu präsentieren. Denn alles, was du Bist, ist Meiner Gangart, Güte, Wohlfahrt und Beseligung der harrenden Gemüter zuzuschreiben, ob sie nun den Blick zu Mir erhoben haben oder abgewendet und geblendet, nackt und elend vor Mir stehn. Alles Bin Ich und bin damit allem aufs Entschiedenste und Traulichste, Verbindlichste und Liebevollste zugetan in Meinem Mich-Erfinden und Mir-Kränze-Winden, wie in Meinem Selbst-Verständnis allbewusst und tunlich auch in dir. Das ist nun dein erproptes Glück und deine unerschütterliche Stärke, zu erkennen, dass du vollends Mir gehörst und allezeit der Fürst und Herold Meiner Taten bist im tätigen Vereinen. Bist du dieser Einsicht offen und gewahr, darfst du dich Seinsbeglückter und Erlöster nennen in des Gottes Würde, Wohlgefälligkeit und unverwandt glückseligem Gehaben. Du Bist und bist in Mir dich selbst und zugleich Meines Willens wohlgefälliger und liebenswürdiger Gespan. Trachte danach, dich in Mir zu finden und du findest unverzüglich Mich in dir und deinen Wundern als das Eine, unvergleichlich Graziöse und Gefällige, Geistvolle und Glückselige im Lichthauch Meiner Sphären.

7.18
Ermahnungen sind nur erfolgreich, wenn sie auch ein redlich Herz empfängt und danach handelt, wie es soll. Nach den gebotenen Maximen freien Willens sollst du leisten, was dir das Gewissen anempfiehlt und dafür kannst du Meiner segnenden Gebärde sicher sein allüberall, wo du dich findest und wo Ich mit findigem Gespür erkenne, dass du Bist in Meiner Seinsgewandtheit und Bravour. Kein Auge hat es je gesehen und kein Ohr vernommen,

was Ich den Geliebten Meiner Herzlichkeit zum Dank für ihre Liebe und Bewunderung der Gottesherrlichkeit bereitet habe, denn ihnen öffnen sich die Flügel des Elysiums und lassen sie in eine wundersame Freiheit treten von jedwelcher Not in ihres Schicksals penetrantem Solala.

In Mir entfalten sich Unendlichkeiten, in denen sich das strahlende Bewusstsein Meiner Bürgen wonnevoll verlieren kann, allein um Mich darin zu finden und zur Andacht vor dem Allerhöchsten hingeführt zu werden.

Was Ich an Mich binde, hat sich vom Verhaftetsein im Irdischen gelöst und weiss von der Bedeutung und Beglückung Meiner Sphären ein ergreifend Lied zu singen, das da heisst: Ich liebe Dich und Du bist Meiner Seele zugetan wie ein holdseliger Bräutigam in seinem Drang, die Lieblichkeit des Eins- und Einigseins herzinnig zu erfahren.

Da darfst du dich Erwählter nennen und Erhabener in Zeit und Ewigkeit, wie in all dem was ist und deinen wachen Sinn mit Liebelicht durchflutet und beseelt.

So mündet alles in die Schau, auf was du Bist und sein wirst in der Glorie des Gottesmenschentums von Meinen Gnaden.

Völlig unbeschwert und heiter darfst du dich Mir angetraut und angeschmiegt, verbündet und verschwägert wissen, als im Sein der heilen, hochbegabten und glückseligen Gemeinde derer, die da sind und ihres Seiens Equilibrium, Triumph, Entzücken, Wirklichkeit und Wohlgefälligkeit in Mir gefunden haben.

7.19

Eine Himmelsbotschaft soll dich dazu bringen, Meines Seins wie deines, inne und bewusst zu werden, niederströmend aus der Gottheit liebelichtem Strahlen. Was ist wirklicher, will Ich dich fragen, als das schaffende Agens der Gottesgüte, dessen Zauber dich seit eh und je in namenloser Zartheit und Verbindlichkeit umfängt, um dir bewusst zu machen, dass du Bist ein geistgebornes Wesen aus der Gottheit veritablem und bewundernswertem Schoss.

Dich selber brauchst du nimmer zu beweisen, sag Ich dir, doch soll dir auch beglaubigt werden, dass du aus Meinem so gestalterisch und meisterlich geprägten und gesegneten Elan hervorgehst, den Ich für dich und deine Seinsgenossen aufgebracht und angewendet habe. Ich beschreibe dies, um dich davon zu überzeugen, dass die Schöpfung von ganz oben ständig niederfliesst in einem Strom von wacher Genialität und warmgefühltem Seinsempfinden.

So entfaltet sich ein Dialog der Wohlgefälligkeit und Andacht zwischen dir und Mir, der zu bemerkenswerter Einigkeit und Harmonie, Beseeltheit und Vertrautheit führt. Das ist nun, was Ich immer wollte und was dir Meinen Nimbus sacht und seeleninnig anempfiehlt, um ihn am Ende vollends in dir aufzulösen. Da blüht die Freude an sich, wie die Herzenswonne, mächtig auf und bringt elysisches Entzücken ins Gemüt. Das Lebenslichte und die Liebe haben sich behauptet und die Ordnungen der Welt ins Equilibrium gebracht in vollen, runden, linden und glückseligen Meisterzügen.

7.20

Wer tritt mit Mir ins wunderbar erhabene und lichterfüllte, planetarische Bewusstsein, will Ich hier erfragen? Du und du und du. Ich seh vom Sonnenlogos aus ein Pünktchen, deine Erde, im Unendlichen Äonenkreise ziehn.

Ich sage nicht wozu, doch weiss Ich Mich damit in einem Umfeld gottesmeisterlicher Güte und bedingungslosen Rates, die Mein Bewusstsein darf von ihrer seinsbrillanten Gegenwart erfahren. All so Bin Ich in das Räderwerk der überragenden Unendlichkeit gefügt, das Sein zu proben und dem götterlichten Tätigsein die Krone aufzusetzen.

Wunderbarerweis betroffen Bin Ich von der Eintracht aller Dinge und Gewalten, die sich nimmer ausser Mir, doch immer wesenhaft in Mir befinden. Umgestülpt ist Meine Ansicht von Mir selbst vom Innesein zum Aussen und vom äusserlich Gewesenen zur allertiefst empfundenen Intimität mit ihm. Ich schwinge wahrlich im beseligenden Glück der Gottessphären und Bin darin getauft mit sonderlicher Himmelsweisheit und Bravour, die sich fortan mit liebevollem Gestus an die Myriadenscharen Meiner Bürgen wendet im gesegneten und geistdurchwalteten Allhier.

Höchst manierlich, mild und zärtlich fahre Ich in die geliebten und gestrandeten Gemüter Meiner All-Präsenz, um sie von höchster Warte aus gekonnt und siegessicher wieder flott zu ziehn. Denn es heisst: Nicht tödlich soll die Niederlage sein, die sie erfahren, sondern akkurat dem neuen Leben zugetan, das Ich ihnen aus der Fülle Meiner selbst verströme. Taufrisch will Ich Mich in alles giessen, was der Glorie und Unerschöpflichkeit des Herrn entspricht in seinem Sein und Sinnen, längelang und querfeldein, gerissen und gebissen vor sich hin.

In dieser Question gereiche Ich auch dir zum Heil und ebenso zur Heiterkeit Elysiens in deines Herzens offensichtlich dargebrachtem Sehnen. "Ich liebe dich so, wie du Mich", will Ich hier intonieren nach des Poeten Wunderwort und nach des Sängers seelenvoll gewählter Notenzahl.

So überbiete Ich Mich mit Gefälligkeiten aller Art, die Ich Mir in den veritablen Welten Meiner Geistesschau und Schöpferkraft zu allen Zeiten angedeihen lasse. Das bezeugen die glückseligen Gesichter, die von Mir begünstigt und bewusst gefördert worden sind im ewigen Vorübergleiten der Geschichte vor dem Antlitz Gottes, das Ich Bin und das die Einen für gefährlich und die Anderen für äusserst liebenswürdig halten im Geflecht der Meinungen, in dem sie noch gefangen sind.

Ich Bin und habe dazu nicht ein Wörtlein mehr zu sagen. Meine Kür ist ausgeschwungen und die Eleganz der wohlgesitteten Figuren darf nun in sich selber stillestehn, um im Geruhsein sich zu finden und das Glückseligsein zu pflegen, unüberboten, universenweit, getreulich, sanft und seelenvoll in meisterlicher Ruh.

Ludwig Weibel, geboren 1933
Lebt in CH-9200 Gossau/St.Gallen
Studienabschluss als Fernmeldetechniker
Schriftstellerische Berufung zur
"Philosophie des Seins" für vife Geister.
Erstellt elegante Graphiken mit einem
Pendel-Apparat. (Siehe Buchumschlag)
Homepage: www.das-sein.ch